JLPT 滿分進擊

永石 繪美、黃意婷　編著
泉 文明　校閱

新日檢制霸！

N2 文法特訓班

必考文法 × 精闢解析 × JLPT 模擬試題

文法速成週計畫，精準掌握語法，輕鬆通過日檢！

誠摯推薦	日本龍谷大學國際學部講師	日本大阪國際大學名譽教授	臺大兼任日語講師李欣倫日語創辦人	中華科技大學助理教授日本關西大學文學博士	「東京，不只是留學」粉絲團版主旅日作家
	池宮 由紀	浦上 準之助	李欣倫	莫素微	MIHO

三民書局

序

　　本書因應新制「JLPT 日本語能力試驗」考試範圍，全面修訂各項文法內容，依照難易度、結構特性、使用場合等重新編排，並配合日檢報名起始日至應考當日約 12 週的時間，將全書文法分為 12 個單元，每單元 11 項文法，共計 132 項文法。學習者可以透過章節前方的「Checklist」來確認自己已學習的範圍。

　　每項文法皆詳細標示「意味」、「接続」、「説明」、「例文」，並以「重要」不時提醒該文法使用的注意事項、慣用表現或辨別易混淆的相似文法。另外，各文法的「実戦問題」，皆比照實際日檢考試中，文法考題「文の組み立て」模式編寫。而每單元後方，也設有比照文法考題「文法形式の判断」，所編寫的 15 題「模擬試験」。全書共計 312 題練習題，使學習者能夠即時檢視學習成效，並熟悉考題形式。

　　現今，在臺灣不論自學亦或是跟班授課，為了自助旅行、留學、工作需求等目標，學習日語的人數年年增多。為此，作為判定日語能力程度指標的「JLPT 日本語能力試驗」也變得更加重要。而本書正是專為想將日語能力提升至中上程度、通過日檢 N2 的人設計，使學習者能夠在 12 週內快速地掌握各項 N2 文法，釐清使用方式，輕鬆制霸日檢考試。

本書特色暨使用說明

✧ Checklist 文法速成週計畫

學習者可以按照每週編排內容，完整學習 132 項日檢必考文法。各項文法皆有編號，運用「Checklist」可以安排、紀錄每項文法的學習歷程，完全掌握學習進度。

✧ 掌握語意、接續方式、使用說明

完整解說文法架構，深入淺出地說明文法觀念。若該文法具有多種含義時，則分別以①②標示。詳細接續方式請參見「接續符號標記一覽表」。

✧ 多元情境例句，學習實際應用

含有日文標音及中文翻譯，搭配慣用語句，加深對於文法應用上的理解。若該文法具有多種含義時，則分別以①②標示例句用法。

✦ 「重要」小專欄，完整補充用法
彙整實際應用注意事項、衍生使用方式、比較相似文法間的差異，釐清易混淆的用法。

✦ 模擬試驗，檢視學習成效
使用每回文法模擬日檢，提供「語法形式判斷」題型，釐清相似語法的使用，測驗各文法理解度與實際應用。

✦ 實戰問題，確立文法觀念
模擬日檢「語句組織」題型即學即測，組織文意通順的句子。解答頁排序方式為：文法編號→★的正解→題目全句正確排列序。

✦ 50 音順排索引
集結全書文法以 50 音順排列，以利迅速查詢。

接續符號標記一覽表

「イ形容詞」、「ナ形容詞」與「動詞」會隨接續的詞語不同產生語尾變化，而「名詞」本身無活用變化，但後方接續的「だ・です」等助動詞有活用變化，以下為本書中各文法項目於「接続」所表示的活用變化。

✦ 名詞＋助動詞

接續符號	活用變化	範例
名詞	語幹	今日、本、休み
名詞の	基本形	今日の、本の、休みの
名詞だ	肯定形	今日だ、本だ、休みだ
名詞で	て形	今日で
名詞である	である形	今日である
名詞だった	過去形	今日だった
名詞普通形	普通形	今日だ、今日ではない、 今日だった、今日ではなかった

✦ ナ形容詞

接續符號	活用變化	範例
ナ形	語幹	きれい
ナ形な	基本形	きれいな
ナ形だ	肯定形	きれいだ
ナ形で	て形	きれいで
ナ形である	である形	きれいである
ナ形ではない	否定形	きれいではない
ナ形だった	過去形	きれいだった
ナ形なら	條件形	きれいなら
ナ形普通形	普通形	きれいだ、きれいではない、 きれいだった、きれいではなかった

✦ イ形容詞

接續符號	活用變化	範例
イ形い	語幹	忙し
イ形い	辭書形	忙しい
イ形くて	て形	忙しくて
イ形くない	否定形	忙しくない
イ形かった	過去形	忙しかった
イ形ければ	條件形	忙しければ
イ形普通形	普通形	忙しい、忙しくない、忙しかった、忙しくなかった

✦ 動詞

接續符號	活用變化	範例
動詞辞書形	辭書形	話す、見る、来る、する
動詞ます形	ます形	話します、見ます、来ます、します
動詞ます		話し、見、来、し
動詞て形	て形	話して、見て、来て、して
動詞ている形	ている形	話している、見ている、来ている、している
動詞た形	過去形	話した、見た、来た、した
動詞ない形	否定形	話さない、見ない、来ない、しない
動詞ない		話さ、見、来、し
動詞ば	條件形	話せば、見れば、くれば、すれば
動詞よう	意向形	話そう、見よう、来よう、しよう
動詞命令形	命令形	話せ、見ろ、来い、しろ
動詞可能形	可能形	話せる、見られる、来られる、できる
動詞受身形	被動形	話される、見られる、来られる、される
動詞使役形	使役形	話させる、見させる、来させる、させる
動詞使役受身形	使役被動形	話させられる、見させられる、 来させられる、させられる
動詞普通形	普通形	話す、話さない、話した、話さなかった

✦ 其他

接續符號	代表意義	範例
名詞する	する動詞	電話する
名詞する	動詞性名詞	電話
疑問詞	疑問詞	いつ、だれ、どこ、どう、どの、なに、なぜ など
文	句子	引用文、平叙文、疑問文、命令文、感嘆文、祈願文など

附註：當前方接續「普通形」時，除了普通體之外，有時亦可接續敬體（です・ます形），但本書不會特別明示。

✦ 符號說明

（）表示可省略括弧內的文字。

／　用於日文，表示除了前項之外，亦有後項使用方式或解釋可做替換。

；　用於中文，表示除了前項之外，亦有後項解釋可做替換。

①② 表示具有多種不同使用方式時，分別所代表的不同意義。

✦ 用語說明

第Ⅰ類動詞：又稱「五段動詞」，例如：「読む」、「話す」。

第Ⅱ類動詞：又稱「上下一段動詞」，例如：「見る」、「食べる」。

第Ⅲ類動詞：又稱「不規則動詞」，例如：「する」、「来る」。

意志動詞：靠人的意志去控制的動作或行為，可用於命令、禁止、希望等表現形式。
　　　　　例如：「話す」可用「話せ」（命令）、「話すな」（禁止）、「話したい」（希望）的形式表達。

非意志動詞：無法靠人的意志去控制的動作或行為，無法用於命令、禁止、希望等表現形式。例如：「できる」、「震える」、「ある」等。

＊部分動詞同時具有意志動詞與非意志動詞的特性，例如：「忘れる」、「倒れる」。

瞬間動詞：瞬間就能完成的動作，例如：「死ぬ」、「止む」、「決まる」等。

繼續動詞：需要花一段時間才能完成的動作，例如：「食べる」、「読む」、「書く」等。部分動詞同時具有瞬間動詞與繼續動詞的特性，例如：「着る」、「履く」。

新日檢制霸！N2 文法特訓班

目次

図片來源：Shutterstock

第 **1** 週

Checklist

1 ～一方だ

‖意味‖ ますます～していくばかりだ　愈加…

‖接続‖ 動詞辞書形＋一方だ

‖説明‖

表示事物一直朝某一方向發展，變化程度不斷加深，成為趨勢。前面接續具有變化意義的動詞，例如：「増える」、「悪化する」、「～ていく」，常作負面用法。

‖例文‖

◆ 彼の病気はますます悪いらしく、やつれていく一方だ。

　　他的病似乎日益惡化，身形愈加消瘦了。

◆ 景気は落ち込む一方だが、景気対策は手詰まりだ。

　　景氣愈趨萎縮，但苦無對策。

◆ 文化や経済分野での日台交流は強まる一方だが、双方にはいまだに国交がない。

　　雖然在文化或經濟層面上臺日交流日益頻繁，但雙方至今尚未有邦交。

‖実戦問題‖

部長は単身赴任の上、接待が続き、不規則な食生活で____ ★ _____だ。

1 負担が　　　　　**2** 胃腸への　　　　　**3** 一方　　　　　**4** 重くなる

2 ～一方（で）

┃意味┃ ①ある面では～、他の面では～ …的同時

②～だが、～ 一方面…，另一方面卻…

┃接続┃ 名詞である

ナ形な／である

イ形普通形

動詞普通形

＋一方（で）

┃説明┃

①前後項同一主語不相違背時，表示並列，後文常出現「も」相呼應。

②若前後為兩項不同事物，或不同情況時，則表示對立。

┃例文┃

①

◆ 私と宮本くんは親友である一方で、よきライバルでもある。

　　我和宮本是好友，同時也是很好的競爭對手。

◆ 海外生活は楽しいことが多い一方、寂しく感じることもある。

　　海外生活有許多令人開心的地方，同時也有令人感到寂寞的時候。

②

◆ 陳さんは国語が得意な一方で、英語がとても苦手です。

　　陳同學雖然對國文很拿手，但卻很不擅長英文。

◆ 出生率が低下している一方で、平均寿命が延びているという現象を「少子高齢化」と言います。

　　出生率下降，另一方面平均壽命卻在延長，這種現象稱為「少子高齢化」。

┃実戦問題┃

現代社会はインターネットで＿＿＿ ★ ＿＿＿ ＿＿＿便利な一方、犯罪につながることもある。

1 入れる　　　　　**2** のが　　　　　**3** 情報を　　　　　**4** 手に

3 ～上で①

┃意味┃ ～する過程で／～する場合は　在…層面上

┃接続┃ 名詞の
動詞辞書形 ｝＋上で

┃説明┃

提示議題範圍，表示在執行某目的的過程或某層面上會成為關鍵的點。後文通常是「大切」、「注意」、「必要」等關於提醒的字彙。

┃例文┃

◆ 海外旅行（かいがいりょこう）する上（うえ）で、注意（ちゅうい）しなければならないのは安全（あんぜん）の問題（もんだい）です。

　在海外旅行時，必須留意安全問題。

◆ 業務（ぎょうむ）の質（しつ）及（およ）び能率（のうりつ）を向上（こうじょう）させる上（うえ）で、様々（さまざま）な研究開発（けんきゅうかいはつ）が不可欠（ふかけつ）だ。

　在提升業務的品質及效率上，各種的研究開發不可或缺。

◆ 結婚相手（けっこんあいて）を選（えら）ぶ上（うえ）での大切（たいせつ）なことは人（ひと）によって違（ちが）います。

　選擇結婚對象上的重要條件會因人而異。

◆ 仕事（しごと）の上（うえ）でも、男女差別（だんじょさべつ）を感（かん）じたことがあります。

　在工作上，也曾感受到男女差別。

┃実戦問題┃

＿＿＿　＿＿＿　★　＿＿＿ことは責任感を持って仕事に取り組むことです。

1 大切な　　　　　　**2** 上で　　　　　　**3** する　　　　　　**4** 仕事を

4 〜上で②

|意味| 〜した後、その結果によって〜　在完成…之後

|接続| 名詞の ⎫
　　　　動詞た形 ⎬ ＋上で

|説明|

表示以完成前項為前提或必要條件，才能進行後續事情，常用於需要進行確認或辦理某種手續的場合。與相似文法「〜後で」單純表示動作先後順序的用法略有不同。

|例文|

◆ パスワード変更の上で、再操作してください。

　　請在密碼變更後再操作。

◆ この問題は上司と相談した上で、ご連絡します。

　　這個問題我將和上司商量過後回覆您。

◆ この商品は利用者の意見や要望を踏まえた上で、開発された。

　　這項商品是依據使用者的意見及需求而開發的。

|実戦問題|

今回のご提案について____ ____ ★ ____させていただきます。

1 検討した　　　　**2** 社内で　　　　**3** 上で　　　　**4** ご連絡

5 ～上は 書面語

┃意味┃ ～のだから、当然～ 既然…就必須…

┃接続┃ 動詞辞書形
動詞た形 ⎱ ＋上は

┃説明┃

表示認同某項事實有足夠的正當性當作理由，並且一定要將其責任義務達成，除此之外別無他法。後接說話者的決心、主張等。多用於文書，不使用於會話上。

┃例文┃

◆ 男が一旦やると言った上は、何がなんでもやり遂げねばならない。

　男子漢大丈夫一旦說了要做，就無論如何也得完成。

◆ 両親に大金を出してもらって留学する上は、なんとしても学業を収めなければならない。

　既然要向父母親拿一大筆錢去留學，就無論如何必須完成學業。

◆ 彼女の前で大言壮語を吐いた上は、できないとしてもやるしかない。

　既然已經在女朋友面前誇下海口了，即使做不到也必須去做。

┃実戦問題┃

私たちは____ ____ ____ ★ 、家事分担についても話し合っておく必要がある。

1 する 　　　　**2** 共働きを 　　　　**3** 上は 　　　　**4** 結婚したら

6 ～以上（は）

|意味| ～のだから、当然～ *既然…就必須…*

|接続|
名詞である
ナ形な／である
イ形普通形 ｝＋以上（は）
動詞普通形

|説明|

表示認同某項事實有足夠的正當性當作理由，並且一定要將其責任義務達成。後接說話者的決心、主張等。前後兩件事的關聯性較直接。

|例文|

◆ 学生である以上、学業を優先するべきだ。

　既然是學生，就該以學業為重。

◆ 試験を受けると決めた以上、一生懸命勉強して絶対合格しましょう。

　既然決定參加考試了，就要拼命地念書，一定要考上。

◆ たばこが健康の敵であることがはっきりしている以上、禁煙しないわけにはいかない。

　既然已經清楚明白香菸是健康的大敵，就非得戒菸不可。

|実戦問題|

大事な＿＿＿　★　＿＿＿　＿＿＿、スムーズに進行させるために準備しなければならない。

1 司会を　　　　　**2** 以上は　　　　　**3** 発表会の　　　　　**4** 引き受けた

7 ～の上では

┃意味┃ ～の情報によると　從…上來看

┃接続┃ 名詞の＋上では

┃説明┃

這裡的「上」意指「表面」，「～の上では」可解釋作從事物的外表所得到的訊息，並以此作為思考判斷的標準。常作逆接用法，暗喻或明示實際上與此不同的看法。

┃例文┃

◆ 暦（こよみ）の上（うえ）ではもう春（はる）ですね。

　（天氣還是很冷，但是）就日曆上來說，已經是春天了呢。

◆ 地図（ちず）の上（うえ）では近（ちか）く見（み）えるのですが、実際（じっさい）に歩（ある）いてみるととても遠（とお）いです。

　地圖上看起來雖然很近，實際走看看的話很遠。

◆ 数（かず）の上（うえ）ではこちらが有利（ゆうり）だが、勝負（しょうぶ）はしてみなければわからない。

　就數量上來看我方雖然有利，但輸贏還得試試看才知道。

┃実戦問題┃

あの町はネットで聞いた＿＿＿ ＿＿＿ ★ ＿＿＿価値があると思う。

1 上では　　　　**2** 話の　　　　**3** 訪れる　　　　**4** 地味らしいが

8 ～上（は）

▋意味▋ ～の点では　在…層面上；就…來看

▋接続▋ 名詞＋上（は）

▋説明▋

用於評論基準，前接切入事物的層面，表示在某層面上情況如何。前面接續的名詞有限，常做慣用用法，例如：「表面上」、「教育上」、「法律上」、「ルール上」、「経験上」。

▋例文▋

◆ 理論上は問題がありません。

理論上沒有問題。

◆ 結婚後、戸籍上は夫の姓になりましたが、仕事では旧姓を名のっています。

結婚後，戶籍上雖然改為夫姓，但在工作上，還是用舊姓稱呼。

◆ 無防備に紫外線にさらすのは美容上だけでなく、健康上も非常にリスクを負うことです。

未做任何防護就直接曝曬在紫外線下，不只在美容上，在健康上也非常具有風險。

▋実戦問題▋

坂本龍馬は日本の＿＿＿　＿＿＿　★　＿＿＿愛されている人だろう。

1 人物で　　　　　**2** 最も　　　　　**3** の　　　　　**4** 歴史上

9 ～次第 書面語

▌**意味**▌ ～したら、すぐに～ 一…立刻…

▌**接続**▌ 名詞
動詞ます } ＋次第

▌**説明**▌

聲明該動作一完成便會立刻進行下一步的動作。前文為說話者或聽者期待能實現的事，後文必須接續說話者的主張、請求等意志表現。口語中，常用於電話應答。

▌**例文**▌

◆ 試合の結果が分かり次第、お知らせします。

　　一知道比賽結果，就會馬上通知您。

◆ 新しいデータが手に入り次第、すぐに報告してください。

　　一拿到新的資料，就請馬上報告。

◆ A：撮影はいつ始めますか。

　　什麼時候開始拍攝？

　　B：撮影器材が到着しだい、すぐ始めましょう。

　　攝影器材一送到就馬上開始吧。

▌**実戦問題**▌

ご希望の＿＿＿　＿＿＿　＿＿＿　＿★＿、宅配便にてお届けします。

1 用意が　　　　**2** 次第　　　　**3** でき　　　　**4** サンプルの

10 ～次第だ

書面語

┃意味┃ ～という理由だ／～という事情だ　就是…回事

┃接続┃ 名詞である
　　　　 ナ形である
　　　　 イ形普通形 ╱ ＋次第だ
　　　　 動詞普通形

┃説明┃

表示「就是這麼一回事」，常置於動詞句尾。前項為事情原委，從動機或原因逐一說明到最後的行動。

┃例文┃

◆ 皆様方のご支援を頂いたことに深く感謝している次第です。

　　承蒙大家的支援，特此深表感謝。

◆ ぜひあなたにも参加していただきたいとお誘い申し上げる次第です。

　　希望您也一同參加，所以特地邀約。

◆ とりあえずお耳に入れておいたほうがいいかとお知らせした次第です。

　　覺得應該先知會您一聲較好，所以特地通知。

┃実戦問題┃

新居のお披露目も兼ねて、友人を＿＿＿ ★ ＿＿＿ ＿＿＿です。

1 次第　　　　　 2 招き　　　　　 3 開く　　　　　 4 パーティーを

11 ～次第で（は）／次第だ　　　　　　　書面語

┃意味┃ ～によって（左右される）　依…的不同而…

┃接続┃ 名詞＋次第で（は）／次第だ

┃説明┃

前接關鍵事物，表示是左右另一項事物的絕大因素。相似文法「～によって（は）」則是單純表示因應選項可能有的差異而有不同對應。

┃例文┃

◆ 今回の審査に合格できるかどうかはあなたの努力次第です。

　　能不能通過此次的審查，就看你的努力了。

◆ 今回の市長選挙の結果次第では私たちの生活が大きく変わるかもしれません。

　　此次市長選舉的結果，或許會使我們的生活大為轉變也說不定。

◆ 結婚相手次第で、女性の人生が大きく変わる時代はもう終わりました。女性も独立したのです。

　　女性因結婚對象的不同而使人生大為轉變的時代已經過去。因為女性也獨立自主了。

┃実戦問題┃

身近な食材でも、＿＿＿ ＿＿＿ ★ ＿＿＿一品になる。

1 新鮮さの　　　　**2** アレンジ　　　　**3** 次第で　　　　**4** ある

———————————————● 模擬試験 ●———————————————

次の文の（　　）に入れるのに最もよいものを、1・2・3・4から一つ選びなさい。

1 打ち合わせの日程が決まり（　　）、すぐお知らせします。
　　1 次第　　　　　　**2** 次第で　　　　　**3** 以上　　　　　**4** の上では

2 医者である（　　）、患者の命を守るべきだ。
　　1 に基づいて　　**2** しだい　　　　**3** 以上　　　　　**4** わけ

3 大学教授は講義を担当する（　　）、専門分野の研究も行う。
　　1 ながら　　　　**2** しだい　　　　**3** 一方　　　　　**4** 上で

4 この国では、暦（　　）冬ですが、夏のように暑い日が続いていることが多い。
　　1 らしい　　　　**2** という　　　　**3** 一方で　　　　**4** の上では

5 人生は幸せかどうかは、自分の考え方（　　）変えられると思う。
　　1 次第　　　　　**2** 次第で　　　　**3** によると　　　　**4** によれば

6 あの日夫婦喧嘩をして以来、二人は仲が悪くなる（　　）。
　　1 ままだ　　　　**2** かねる　　　　**3** がちだ　　　　**4** 一方だ

7 あの俳優は健康（　　）の理由で芸能界を引退することになった。
　　1 的　　　　　　**2** 上　　　　　　**3** なり　　　　　**4** もの

8 いったん決意した（　　）、たとえどんな困難があっても諦めない。
　　1 以上は　　　　**2** はずで　　　　**3** 次第で　　　　**4** 一方

⑨ 外国語を学ぶ（　　）大切なことは、よく発音や表現の真似をすることだ。
　1 ために　　　　**2** ように　　　　**3** からして　　　　**4** 上で

⑩ 海外赴任は不安を感じる（　　）、外国ならではの体験もできておもしろい。
　1 どころか　　　　**2** 上で　　　　**3** 一方　　　　**4** に比べて

⑪ 申込書の内容をよく確認した（　　）、こちらに署名してください。
　1 まま　　　　**2** 上で　　　　**3** 次第　　　　**4** 際に

⑫ お客様から会場変更の依頼があったため、急いで企画書を修正した（　　）。
　1 次第です　　　　　　　　　　**2** はずです
　3 通りです　　　　　　　　　　**4** ようがありません

⑬ 新型ウイルスの感染拡大で、観光客が減少する（　　）。
　1 ところだ　　　　**2** ことだ　　　　**3** 一方だ　　　　**4** となった

⑭ 監督に選ばれレギュラーになる（　　）、必ずチームに貢献したいと思います。
　1 ため　　　　**2** 上は　　　　**3** ところで　　　　**4** ように

⑮ 会議で徹底した話し合い（　　）の結論はいよいよ実行に移す。
　1 の上で　　　　**2** から　　　　**3** とおりの　　　　**4** によって

第 2 週

Checklist

12 ～以来

｜意味｜ その時からずっと～。 自…之後

｜接続｜ 名詞　　　　｜
　　　　動詞て形　｜ ＋以来

｜説明｜

表示自該動作完成至今的這段時間內，一直持續著後續現象。

｜例文｜

◆ 大学卒業以来、彼と会っていない。

　　大學畢業之後就沒見過他。

◆ この商品は発売以来、ずっと売れ行きが伸び続けている。

　　這項商品自從推出以來，銷路一直節節上升。

◆ 彼女に出会って以来、いつも彼女のことが頭から離れない。

　　自從遇見她之後，她的身影總在腦海中縈繞。

◆ 台北に来て以来、スモッグのせいかずっとのどが痛い。

　　來到臺北之後，不知是否因為霧霾的關係，喉嚨一直很痛。

｜実戦問題｜

キャプテン＿＿ ★ ＿＿ ＿＿、みんなに支えられながら試練を乗り越えてきた。

1 任されて　　　　**2** という　　　　**3** 以来　　　　**4** 大役を

13 ～気味

┃意味┃ 少し～の感じがする 略微…的感覺

┃接続┃ 名詞
動詞ます ⎫＋気味

┃説明┃

表示感覺到人或事物出現某種徵兆或輕微現象，多作負面用法。

┃例文┃

◆ ちょっとかぜ気味なので早めに帰らせてもらえませんか。

我好像有點感冒，可以讓我早點走嗎？

◆ 最近疲れ気味で、体がだるい。

最近有點累，全身懶洋洋的。

◆ 夫はこのごろ太り気味だ。

我丈夫這一陣子有點發福。

◆ 現内閣の支持率は2か月前と比べると下がり気味だ。

目前內閣的支持率與兩個月前相較有下滑的趨勢。

┃実戦問題┃

3階まで登っただけで＿＿ ★ ＿＿ ＿＿だろうと思う。

1 運動不足　　　**2** なんて　　　**3** 気味　　　**4** 息切れする

14 ～げ

┃意味┃ ～そうな様子 …的樣子；狀似…

┃接続┃ 名詞 ┐
　　　　ナ形 ├＋げ
　　　　イ形い ┘

┃説明┃

「げ」漢字寫成「気」。用於形容人或事物的外表帶給他人的感覺。「名詞＋げ」為特殊慣用表現，例如：「大人げ」；若要連接情感性名詞，則常作「名詞＋ありげ」。

┃例文┃

◆ 夫は何か言いたげに私の顔を見た。

　丈夫好像想說什麼似地看著我的臉。

◆ 説明を聞いても、住民の不安げな様子は変わらなかった。

　即使聽了說明，居民不安的樣子還是沒有改變。

◆ 彼は不満ありげな顔をしている。

　他一臉不滿的表情。

◆ 最近の大人は大人げがないね。

　最近的大人真沒有大人的樣子呢！

 重要

用於描述他人的心情看起來如何時，可與「そう」替換。

うれしそうな→（〇）うれしげな　　おいしそうだ→（×）おいしげだ

┃実戦問題┃

あの＿＿＿ ★ ＿＿＿ ＿＿＿人が気になるね。

1 たたずむ　　　　**2** 街角に　　　　**3** に　　　　**4** さびしげ

15 ～得る

▌意味▌　～可能性がある／～できる　能夠…

▌接続▌　動詞ます＋得る

▌説明▌

表示某項動作可以成立，或有實現的可能性。「得る」可讀作「える／うる」，但做否定形與過去式時，只能讀作「えない」、「えた」。

▌例文▌

◆ イタリアが負（ま）けるなんて、そんなことがあり得（え）るのですか。

　　說什麼義大利會輸，真會有那種事嗎？

◆ 彼女（かのじょ）の美（うつく）しさは言葉（ことば）で表現（ひょうげん）し得（う）るものではない。

　　她的美，無法以言語形容。

◆ 彼（かれ）が泥棒（どろぼう）するなんてあり得（え）ない。

　　他才不可能會偷東西。

◆ あの試合（しあい）は誰（だれ）も予想（よそう）し得（え）ない結果（けっか）に終（お）わった。

　　那場比賽以誰也料想不到的結果告終。

▌実戦問題▌

うつ病は____ ____ ★ ____だから、一人で抱え込まず専門医に相談したほうがいい。

1 だれでも　　　　**2** うる　　　　　**3** なり　　　　　**4** 病気

16 ～ざるを得ない 書面語

┃意味┃ どうしても～しなければならない　不得不…

┃接続┃ 動詞ない＋ざるを得ない

┃説明┃

前接動詞否定形，表示不願意也得照做的絕對義務，有消極被動的含義。「ざる」是書面語否定「ず」的辭書形。注意第Ⅲ類動詞變化，「する」變為「せざる」；「来る」變為「こざる」。

┃例文┃

◆ 酒はあまり好きではないが、課長にすすめられたので飲まざるを得なかった。

　　我不太喜歡喝酒，但是課長一直勸酒，因此不得不喝。

◆ この地域は火山の噴火が発生したため、立入規制をせざるを得ない。

　　這個地區因為火山噴發，不得不限制出入。

◆ あなたの意見は突拍子もなくて、反対せざるを得ない。

　　你的意見太過離譜，我不得不反對。

┃実戦問題┃

経営の現状からいうと、＿＿＿＿　★　＿＿＿＿　＿＿＿ざるをえない。

1 会社の　　　　　　2 抜本的に　　　　　　3 見直さ　　　　　　4 制度を

17 〜かねる

┃意味┃　〜できない／〜しにくい　礙於…而難以…

┃接続┃　動詞ます＋かねる

┃説明┃

前接意志動詞ます形，表示基於不易啟齒的理由，個人理智上認為難以辦到。雖然為書面語，但正式場合的對話中也能使用，有時亦可用於委婉的拒絕。

┃例文┃

◆ 客：席、窓側にしてもらいたいんですけど…

　客人：我想坐到窗邊的座位……

　係り員：申し訳ございません。あいにく本日は満席で、お客様のご希望に応じかねます。

　服務生：非常抱歉。因不巧今天客滿，恕難按照您的希望。

◆ 彼女と結婚したいと思っているが、僕の仕事や収入のことを考え、どうしてもプロポーズしかねている。

　我雖然想和她結婚，但一想到我的工作及收入，就怎麼也開不了口向她求婚。

◆ 商品到着から7日以上経過後の交換や返品は、お受けいたしかねます。

　自商品送達超過7日之後，恕難以受理交換及退貨。

┃実戦問題┃

この件＿＿＿　★　＿＿＿＿＿＿ので、相談の上お返事いたします。

1 私の一存では　　　　　　　　**2** かねます

3 判断し　　　　　　　　　　　**4** について

18 ～かねない

| **意味** | ～かもしれない／～しないとは言えない　難保不…

| **接続** | 動詞ます＋かねない

| **説明** |

表示對於前文提及的話題做出不樂觀的推斷，或是無法排除某種不令人樂見的結果發生的可能性。含有說話者對此感到擔心的語意。

| **例文** |

◆ そのゴミ処理場建設は周辺地域の環境を破壊しかねません。

　　那個垃圾處理場的興建難保不會對周邊區域的環境造成破壞。

◆ 小さなミスが大事故を起こしかねないのだ。日ごろから十分に注意しなければならない。

　　小錯誤難保不會引發大事故，平常就得十分注意才行。

◆ 世界情勢は緊迫感を増し、今にも戦争が勃発しかねない状況にある。

　　目前的世界情勢日益緊張，難保不會立即爆發戰爭。

| **実戦問題** |

会社はこのまま＿＿＿　＿＿＿　★　＿＿＿かねません。

1 抱えて　　　　　**2** 債務を　　　　　**3** いると　　　　　**4** 倒産し

19 〜がたい

▌意味▌ 〜するのは難しい　令人難以…

▌接続▌ 動詞ます＋がたい

▌説明▌

表示心理上認為該動作在實現上有困難，主要為說話者個人的主觀感受。

▌例文▌

◆ 彼の横柄な態度はどうにも許しがたい。

　　他傲慢無禮的態度，實在令人難以原諒。

◆ 彼の言うことは本当に理解しがたい。

　　他說的話，真是令人難以理解。

◆ 戦場には想像しがたい現実がある。

　　戰場上有著令人難以想像的現實。

◆ いくらＳＮＳやＥメールがおもになっても、やはり手紙の心温まるやりとりは捨てがたい。

　　儘管通訊軟體或電子郵件已蔚為主流，還是難以捨棄書信往返的溫馨感。

▌実戦問題▌

私は専門家ではないため、この事件は＿＿　★　＿＿　＿＿がたい。

1 判断し　　　　**2** ミス　　　　**3** 人為的な　　　　**4** かどうか

20 ～ぬく

┃意味┃ ①頑張って最後まで～する　努力做…到底

②ひどく～する　非常…

┃接続┃ 動詞ます＋ぬく

┃説明┃

①靠毅力完成某項有困難或受到阻礙的行為。相似文法「～きる」單純是指徹底把動作做完，沒有「～ぬく」克服困難的含意。

②表示某狀態的程度十分強烈，通常與表示狀態的動詞搭配，例如：「悩む」、「むさぼる」、「さぼる」、「知る」、「もめる」、「弱る」、「悲しむ」等。

┃例文┃

①

◆ 彼はけがをした足をかばいながらもゴールまで走りぬいた。

　　他護著受傷的腳跑完全程。

◆ 自分で決めたことだから、何があっても最後までやりぬくつもりです。

　　因為是自己做的決定，無論如何都打算做到底。

◆ 彼女は夫とともに苦しい生活を耐えぬき、やっと幸せを手に入れた。

　　她和丈夫一起忍耐度過艱辛的生活，終於得到幸福。

②

◆ 掃除当番をサボりぬいた結果、廊下の掃除を 1 週間一人でさせられた。

　在多次偷懶沒做掃除工作之後，被迫獨自一人打掃走廊 1 星期。

◆ あの先生は日本の語源について知りぬいているから、講義はいつもおもしろい。

　那位老師非常精通日本語源，因此課程總是十分有趣。

◆ 福岡ソフトバンクホークスの強みは苦しみぬいた試練を経験的に活かしていることだ。

　福岡軟銀鷹職業棒球隊的強項是將飽受苦難的考驗轉成自身經驗活用。

 重要

「ぬく」的原意還有「貫穿；拔出；去除」，做為複合動詞時，除了上面兩種衍伸用法之外，仍有部分複合動詞是依照原本的語意作使用，例如：「見抜く（看穿，看破）」、「打ち抜く（打通；進行到底）」、「引き抜く（拔出；選出）」、「書き抜く（摘錄）」、「切り抜く（剪下）」。

◆ 検察当局は政治資金の流れを見抜いていた。

　檢察廳看破了政治資金的流向。

┃実戦問題┃

　＿＿★＿＿ ＿＿＿ ＿＿＿ ＿＿＿には、創造的思考が欠かせない。

　1 生き抜く　　　　**2** 現代社会を　　　　**3** 高度に　　　　**4** 情報化された

21 ～ぬきで／ぬきに／ぬきの

┃意味┃ ～を入れないで／～を除いて　省去…；撇開…

┃接続┃ 名詞＋ぬきで／ぬきに／ぬきの

┃説明┃

表示在扣除了前項要素或步驟的狀態下進行後續行為。作「～ぬきに（は）」時，通常後接可能表現的ない形，表示「少了…就不能…」。

┃例文┃

◆ 私（わたし）はねぎが嫌いなので、ラーメンはいつもねぎぬきで注文（ちゅうもん）します。

　　因為我不喜歡蔥，所以吃拉麵時我總是要求不加蔥。

◆ 日本（にほん）と台湾（たいわん）の交流（こうりゅう）の歴史（れきし）について日本統治時代（にほんとうちじだい）ぬきに語（かた）ることはできません。

　　談到有關日本與臺灣交流的歷史，就不能不提及日本統治時代。

◆ これは税金（ぜいきん）、サービス料（りょう）ぬきの値段（ねだん）です。

　　這是未含稅及服務費的價格。

┃実戦問題┃

最後まで味が＿＿＿　★　＿＿＿　＿＿＿注文する。

1 氷ぬきの　　　　**2** ように　　　　**3** 薄まらない　　　**4** ドリンクを

22 ～きり

意味 ～して、その後～ない …之後就沒有…

接続 動詞た形＋きり

説明

表示某行為過後便沒有後續下文，含有對結果感到意外的情緒，後面多接續否定。
口語中常說為「～っきり」。

例文

◆ 中野さんには去年お会いしたきりです。

　　和中野小姐最近一次的見面是在去年。

◆ 彼は 10 年前に外国へ行ったきり、帰ってこない。

　　他 10 年前去國外之後就沒再回來。

◆ 息子からは何日か前に電話があったきり、連絡が途絶えてしまった。

　　前幾天接到兒子的電話之後，就音訊全無。

実戦問題

森山さんと西岡さんは先月の会議で＿＿＿ ★ ＿＿＿ ＿＿＿仲が戻らない。

1 きり　　　　　　**2** 口論を　　　　　**3** した　　　　　　**4** 激しい

●　模擬試験　●

次の文の（　　）に入れるのに最もよいものを、1・2・3・4から一つ選びなさい。

① 辛いのが苦手だから、いつもわさび（　　）お寿司を頼む。
　　1 かねる　　　　**2** ぬきの　　　　**3** きりの　　　　**4** なく

② 新幹線が開通して（　　）、ここを訪れる観光客が急増している。
　　1 ために　　　　**2** しだい　　　　**3** 以来　　　　**4** おかげで

③ 政府は景気を回復するために、考え（　　）あらゆる対策を行っている。
　　1 うる　　　　**2** だけ　　　　**3** 上での　　　　**4** かぎり

④ 大地震のあと、人々は余震に不安（　　）な表情をしていた。
　　1 げ　　　　**2** よう　　　　**3** 気味　　　　**4** らしい

⑤ お酒好きの鈴木さんが飲み会を遠慮するなんて、信じ（　　）ことだ。
　　1 かねない　　　　**2** えない　　　　**3** まい　　　　**4** がたい

⑥ 急用ができたため、約束していた食事会を断ら（　　）。
　　1 せない　　　　**2** かねない　　　　**3** しだいだ　　　　**4** ざるをえない

⑦ 3年前に彼女と別れた（　　）、一度も会っていない。
　　1 以来　　　　**2** きり　　　　**3** しだい　　　　**4** ぬき

⑧ このような曖昧な説明は混乱を招き（　　　）。

1 気味だ　　　　**2** ようだ　　　　**3** かねない　　　　**4** わけにはいかない

⑨ 彼は講演をする前、少し緊張（　　　）だった。

1 そう　　　　**2** よう　　　　**3** っぽい　　　　**4** 気味

⑩ 申し訳ございませんが、お客様のご都合による返品はお受けいたし（　　　）。

1 える　　　　**2** えない　　　　**3** かねます　　　　**4** かねません

⑪ 大谷投手は1点差を守り（　　　）、チームを勝利に導いた。

1 ぬいて　　　　**2** ぬきで　　　　**3** 以来　　　　**4** 次第で

⑫ 祖父は昨年の入院（　　　）、体がすっかり弱っていた。

1 から　　　　**2** 以来　　　　**3** 次第　　　　**4** きり

⑬ ホラー映画で登場する人は、なんとなく怪し（　　　）に見える。

1 げ　　　　**2** よう　　　　**3** っぽく　　　　**4** 気味

⑭ 地震はいつ起きるか予測し（　　　）から、日頃から心掛けるようにしよう。

1 きれない　　　　**2** ぬく　　　　**3** えない　　　　**4** ざるをえない

⑮ 悩み（　　　）の結論は、長年経営してきた食堂を閉店することだった。

1 きって　　　　**2** 上での　　　　**3** 末　　　　**4** ぬいて

第 3 週

Checklist

23 ～かいがある／がい

┃意味┃ ①行為から期待されることが報われる　得到回報

②行為に価値がある　有…的價值

┃接続┃ ①名詞の ⎫
　　動詞た形 ⎭ ＋かいがある

②動詞ます　＋がい

┃説明┃

①伴隨著目的所從事的行為得到了回報或好的效果。否定時多使用「かいもない」。

②某行為所帶來的正面意義或價值。接續在動詞ます後作為名詞使用，並將發音讀為「がい」。

┃例文┃

①

◆ 早起きのかいがあって、きれいな日の出が見られた。

　早起果然值得，得以看到了美麗的日出。

◆ 頑張ってダイエットをしたかいもなく、ぜんぜん痩せなかった。

　枉費我努力地減肥，一點也沒瘦下來。

②

◆ やりがいのある仕事を見つけるには、自分の仕事に対する価値観を理解しな

ければならない。

　要找到一份值得做的工作，得先理解自己對工作的價值觀。

◆ 婚約を解消された彼女は、生きがいを失ったかのように毎日落ち込んでいる。

　婚約被取消後，她彷彿失去生存的意義般，每天消沉度過。

┃実戦問題┃

一日も＿＿＿　＿＿＿　★　＿＿＿、念願の優勝を果たした。

1 練習した　　　　**2** あって　　　　**3** 休まず　　　　**4** かいが

24 ～あげく（に）

｜意味｜ ～の結果／～した後、最後に～　　經過…結果竟然…

｜接続｜ 名詞の ⎱
　　　　　 動詞た形 ⎰ ＋あげく（に）

｜説明｜

「あげく」為形式名詞，表示經過耗神、冗長的過程，終於有了最後的結果。語意中含有對結果感到始料未及或不太滿意。另有慣用語「あげくの果て」，用來強調更不好的結果發生。

｜例文｜

◆ 長時間にわたる議論のあげく、解決策は最後まで見つからなかった。

　經過長時間的討論，最後還是沒能找出解決對策。

◆ 京子は浮気した主人と別れるかどうかさんざん悩んだあげく、結局別れないことにしたそうだ。

　京子一直煩惱著是否要與花心的老公離婚，聽說最後還是決定不離了。

◆ 登山中、道に迷い、あげくの果てにはスマホが充電切れになり、助けさえ呼べなかった。

　登山途中不僅迷了路，手機也沒電，根本沒辦法求救。

｜実戦問題｜

＿＿＿　★　＿＿＿　＿＿＿、結局建築士の資格がとれなかった。

1 さんざん　　　2 あげく　　　3 苦労した　　　4 専門学校で

25 ～末（に）

┃意味┃ ～した結果、最終的に　經過⋯結果⋯

┃接続┃
名詞の
動詞た形 ｝＋末（に）

┃説明┃

用於陳述事實的發展變化，表示在經歷各種困難或反覆嘗試的過程後，某項事情終於有了結果。用法中立，常與「結局」、「ついに」、「やっと」等副詞搭配使用。修飾名詞時作「末の＋名詞」。

┃例文┃

◆ 5時間に及ぶ会議の末、この問題についての最終的な結論が出された。

　　經過5個小時開會的結果，有關這個問題的最終結論終於出爐了。

◆ さんざん道に迷った末に、やっとホテルにたどりついた。

　　在狼狽不堪地迷路之後，終於抵達旅館了。

◆ 苦労の末の成功は、喜びも大きい。

　　歷經千辛萬苦後的成功，得到的是很大的喜悅。

┃実戦問題┃

ドイツは＿＿＿ ★ ＿＿＿ ＿＿＿、優勝を果たした。

1 破り　　　　　2 延長戦の　　　　3 末に　　　　4 アルゼンチンを

26 ～あまり（に）

┃意味┃ ～すぎるので　因為過於…

┃接続┃ 名詞の
ナ形な
イ形普通形 ┣＋あまり（に）
動詞普通形

┃説明┃

前面接續表示感情及狀態的詞，由於其程度超出一般，所以造成後文的結果，常作負面用法。口語中強調時常說成「あんまり」。

┃例文┃

◆ 彼は忙しさのあまり、とうとう過労で倒れてしまった。

　他因為過於忙碌，最終過勞而累倒了。

◆ 娘のことを心配するあまり、電話をかけすぎて嫌がられてしまった。

　因為過於掛念女兒，太勤於打電話而被討厭。

◆ テスト中考えすぎたあまりに、簡単な問題まで間違えてしまった。

　因為考試時想太多，所以連簡單的題目都答錯了。

重要

「名詞の＋あまり（に）」亦可改成「あまりの＋名詞＋に」。作此用法時，通常為形容詞語幹加「さ」的形容詞性名詞，例如：「寒さ」、「寂しさ」等。

寒さのあまりに＝あまりの寒さに

寂しさのあまり＝あまりの寂しさに

┃実戦問題┃

他人から＿＿＿ ★ ＿＿＿ ＿＿＿あまり、自分の目標を見失った。

1 気に　　　　　**2** 評価を　　　　　**3** する　　　　　**4** の

27 ～からして

┃意味┃ ～（代表的な例）から判断して　光是從…來看

┃接続┃ 名詞＋からして

┃説明┃

用於舉例說明。前文為針對欲評論的對象，取其整體中的一項代表例做說明，後文則表達對此事物的評價、推測、判斷，表示連最基本的情況都是如此，那其他部分就更不用提了。

┃例文┃

◆ この店は店員さんの態度からして気に入らない。

　　這家店光從店員的態度就令我不滿意。

◆ この会社は上司からして時間にルーズだ。社員に時間を守れと言っても無駄だろう。

　　這家公司連主管都欠缺時間觀念了，叫員工守時恐怕沒用吧。

◆ 台湾と日本の礼儀作法はずいぶん違う。お辞儀の仕方からして違っている。

　　臺灣與日本的禮儀習慣相當不同，光是從行禮的方式來看就不一樣。

┃実戦問題┃

この鉄道模型は＿＿＿ ＿＿＿ ＿★＿ ＿＿＿忠実に再現している。

1 実際の　　　　　2 窓枠　　　　　3 からして　　　　4 電車を

28 ～からすると

┃意味┃ ～から判断すると　従…來判斷；就…來看

┃接続┃ 名詞＋からすると

┃説明┃

前接線索或依據時，表示據此做出後述判斷。前接人稱代名詞時，表示從某人的觀點來看，提出後述看法。另可作「～からすれば」的形式。

┃例文┃

◆ あの人の性格からすれば簡単に許してくれそうにない。

　　若從那個人的性格來判斷，似乎不會輕易原諒我們。

◆ 社会の常識からすると、彼の行為は決して礼儀をわきまえているとは言えない。

　　就社會常理而言，他的行為絕稱不上合乎禮儀。

◆ 私の考え方からすると、この論文の記述そのものが矛盾だと思う。

　　就我的想法，我認為這篇論文的敘述互相矛盾。

┃実戦問題┃

留学経験＿＿＿　＿＿＿　★　＿＿＿、ネイティブの英語の発音はどうしても聞き取りにくい。

1 の　　　　　　**2** 筆者　　　　　　**3** ない　　　　　　**4** からすると

29 〜から見ると

▌**意味**▌ 〜の立場に立って考えると　以…來看

▌**接続**▌ 名詞＋から見ると

▌**説明**▌

前面接人或事物，表示從某人或某事物的立場切入，提出後述看法。「私から見ると」相當於「私からすると」。另可作「〜から見れば」、「〜から見たら」、「〜から見て」的形式。

▌**例文**▌

◆ 日本人は変わっていると言いますが、日本人の私から見ると、あなたのほうがよっぽど変わっていますよ。

　　說日本人很奇怪，但身為日本人的我看來，你才真是奇怪呢。

◆ 私たちが当然だと思っていることも、イスラム教から見れば、戒律に反することがあるのです。

　　我們認為理所當然的事，從伊斯蘭教看來，有些卻是違反戒律的事。

◆ 母親であるあなたから見て、最近の子供をどう思われますか。

　　從身為母親的角度來看，您覺得最近的小孩如何？

▌**実戦問題**▌

熱帯雨林は地球全体の____ ____ ★ ____です。

1 わずか　　　　　**2** から見て　　　　**3** ごく　　　　　　**4** 面積

30 ～から言うと

┃意味┃ ～の面から判断すると　就…而言：從…面來看

┃接続┃ 名詞＋から言うと

┃説明┃

從某事物的層面上切入，針對該事項發表後述看法。亦可表示站在某個立場發話，前面一般不直接接人或組織名。「私の立場から言うと」相當於「私から見ると」。另可作「～から言えば」、「～から言ったら」、「～から言って」的形式。

┃例文┃

◆ 鈴木さんは能力から言うと、すばらしい人なのだが、態度がいい加減なので社内ではあまり評価されていない。

鈴木先生就能力來說是優秀的人才，但是因為態度草率，在公司內部的評價並不佳。

◆ 結論から言えば、このやり方は効率的とは言いがたいです。

從結論上來說，這種做法難以稱得上有效率。

◆ 私の立場から言って、今回のことを黙って見過ごすわけにはいかないのです。

就我的立場來說，我不能對此次的事默不作聲、視而不見。

┃実戦問題┃

＿＿＿　＿＿＿　＿＿＿　★＿＿＿からいうと、事前に背景知識を調べておくことが大事です。

1 経験　　　　　　2 の　　　　　　　3 として　　　　　4 通訳者

31 ～にしたら／にすれば／にしても

┃意味┃ ～の立場なら／～の気持ちでは　在…的立場看來

┃接続┃ 名詞＋にしたら／にすれば／にしても

┃説明┃

前接人或身分，表示站在當事者的立場推測其心情或想法，嘗試以其身分發話。其中只有「～にしても」能用於第一人稱。

┃例文┃

◆ 飼い主にしたら、洗ってやるのは猫のためだと思うのでしょうが、水が嫌いな猫にしたら迷惑なのです。

　　站在飼主的立場，或許會認為幫貓洗澡是為牠好，但在討厭水的貓看來，卻是找牠的麻煩。

◆ 学生にすればテストは嫌なものでしょうが、教師にしてもテスト用紙の作成や採点など面倒なものです。

　　站在學生的立場，或許會覺得考試很討厭，但在教師的立場，出考題、打分數等事情也是挺麻煩的。

◆ 夫にすれば私にいろいろ言いたいことがあるようだが、私にしても我慢できないことがあるのだ。

　　丈夫的立場上，或許對我有許多意見，但在我的立場，也有無法忍受他的地方。

┃実戦問題┃

観光客の増加は経済効果につながるが、地元＿＿＿　★　＿＿＿　＿＿＿かもしれない。

1 迷惑　　　　　**2** にしたら　　　　　**3** の　　　　　**4** 住民

32 ～にしては

┃意味┃ ～わりには　以…而言

┃接続┃
名詞（である）
ナ形（である）
イ形普通形
動詞普通形
｝＋にしては

┃説明┃

逆接用法，前接話題本身條件作為評判標準，說明有著與該條件不相稱的表現。好壞情形均適用，前後句主語必須一致。

┃例文┃

◆ 彼女は恋愛中にしてはあまり幸せそうではない。

　就處於戀愛中的情形來說，她看來不怎麼幸福。

◆ Ａ：この物件は築２０年にもなるんですよ。

　　　這房子屋齡已經２０年囉！

　Ｂ：え、築２０年にしてはずいぶんきれいですね。

　　　咦，以屋齡２０年來看，還相當漂亮呢。

◆ これ、あなたが書いたんじゃないでしょう。あなたが書いたにしてはうますぎるんだもん。

　這個不是你寫的吧。若是以你寫的標準來看，寫得太好了。

┃実戦問題┃

この＿＿＿ ＿＿＿ ★ ＿＿＿激しい。壊れているのかな。

1 にしては　　　**2** 新品　　　　　**3** 消耗が　　　　　**4** バッテリーは

41

33 ～としても

┃意味┃ ～と仮定しても　就算…也…

┃接続┃ 名詞普通形　⎫
　　　　　ナ形普通形　⎬ ＋としても
　　　　　イ形普通形　⎪
　　　　　動詞普通形　⎭

┃説明┃

表示即使前項假設成立，後項也不會改變。後常接說話者深信不疑的看法。「～としたって」為口語說法。

┃例文┃

◆ 彼の話が本当だとしても、まだ信じられない。

　　就算他的話是真的，也還是無法置信。

◆ 給料が安いとしても、仕事がないよりましだろう。

　　就算薪水不高，也總比沒工作好吧。

◆ 僕と彼女は赤い糸で結ばれているんだ。生まれ変わったとしたって、また出会うはずだ。

　　我跟她之間有紅線綁著，就算來生轉世也一定會再相逢。

┃実戦問題┃

職場で＿＿＿ ＿＿＿ ★ ＿＿＿、その理由を見つめることは実に難しい。

1 としても　　　　**2** 受け止め　　　　**3** 冷静に　　　　**4** 責められた

—————————— ● 模擬試験 ● ——————————

次の文の（　　）に入れるのに最もよいものを、1・2・3・4から一つ選びなさい。

① 炎鵬は力士（　　）小柄だが、素早い動きで相手を破る技が魅力的で、話題を呼んだ。

　　1 としても　　　　　**2** の上で　　　　　**3** にしては　　　　　**4** からすると

② 一生懸命走った（　　）、バスに乗りそこなった。

　　1 あげく　　　　　**2** あまりに　　　　　**3** 一方　　　　　**4** かいがあって

③ サプリメントを飲む人がたくさんいますが、専門家（　　）、飲む必要がない場合が多いです。

　　1 にしては　　　　　**2** としても　　　　　**3** からして　　　　　**4** からみると

④ 自分の将来についてよく考えた（　　）、転職に踏み切った。

　　1 あげく　　　　　**2** としても　　　　　**3** 末に　　　　　**4** 以上

⑤ この会社は受付（　　）立派ですね。さすが大手企業です。

　　1 にしては　　　　　**2** からして　　　　　**3** によると　　　　　**4** からすれば

⑥ 久しぶりに親友と再会して、懐かしさの（　　）涙が出た。

　　1 あまりに　　　　　**2** 末に　　　　　**3** あげく　　　　　**4** に対して

⑦ 彼女の困った表情（　　）、さっきの話が聞き取れなかったらしい。

　　1 にしては　　　　　**2** の通り　　　　　**3** ぬきで　　　　　**4** からすると

⑧ 少子高齢化が進む現状（　　　）、消費税の増税が必要である。

   1 にしたら   **2** によると   **3** からいうと   **4** のあげく

⑨ 教習所に通った（　　　）、一発で運転免許がとれた。

   1 あげく   **2** にしても   **3** あまりに   **4** かいがあって

⑩ 「雨天決行」というのは、雨が降る（　　　）、予定通りに行われることだ。

   1 にしては   **2** としても   **3** からして   **4** に対して

⑪ 小学生（　　　）、夏休みの宿題は少なければ少ないほどいいだろう。

   1 からして   **2** にしては   **3** としても   **4** にすれば

⑫ この彫刻、素人が作った（　　　）出来栄えがいい。

   1 にしては   **2** にしたら   **3** あげくに   **4** からすると

⑬ 長時間にわたる議論の（　　　）、ようやく結論が導き出された。

   1 末に   **2** 一方   **3** あげくに   **4** 上では

⑭ インターネットのチャットに熱中する（　　　）、かえって孤独感が高まるケースが多いらしい。

   1 末に   **2** 次第   **3** あまりに   **4** ように

⑮ 今までの実績（　　　）、新しいプロジェクトのリーダーは山中さんが適任だろう。

   1 の末   **2** からいって   **3** にすれば   **4** のかいがあって

第4週

Checklist

34 ～にしても／にせよ／にしろ

┃意味┃ たとえ～ても　就算是…

┃接続┃
名詞（である）
ナ形（である）
イ形普通形
動詞普通形
+ にしても
にせよ
にしろ

┃説明┃

表示原則上雖然退一步承認前述事項，但仍然堅持後述看法。「～にしろ」、「～にせよ」的說法較為正式；會話上則常說為「～にしたって」。

┃例文┃

◆ どうして電話してくれないの？忙しいんでしょうが、それにしても電話ぐらいできるでしょう。

　為什麼不打電話給我？我知道你很忙，但就算忙也可以抽空打個電話吧！

◆ 検査の結果、異常はなかったにしろ、ゆっくり静養したほうがいいだろう。

　就算檢查的結果沒有異常，還是要好好靜養比較好吧。

◆ 妻とは離婚するにせよ、この子たちは私の子供なのだから責任がある。

　就算會與妻子離婚，這些孩子還是我的小孩，因此我有責任。

┃実戦問題┃

作品をきれいに____ ____ ★ ____、無断で他人の写真を使うわけにはいかない。

1 という　　　　　2 理由がある　　　3 にしろ　　　　4 仕上げたい

35 〜にしても〜にしても

┃意味┃ 〜でも〜でも　不管是…還是…

┃接続┃

名詞（である）
ナ形（である）
イ形普通形
動詞普通形
＋にしても＋
名詞（である）
ナ形（である）
イ形普通形
動詞普通形
＋にしても

┃説明┃

任舉二項具體事例或對立事物，強調不管其中哪一種情形都適用，後文主要為說話者的主張。另較正式的說法可作「〜にしろ〜にしろ」、「〜にせよ〜にせよ」。

┃例文┃

◆ 花にしても指輪にしても、彼がくれるものなら何でもうれしい。

　　不管是花還是戒指，只要是他送的，我都會很開心。

◆ 進学するにしろ就職するにしろ、一度ご両親とよく相談してください。

　　不管是升學或就業，請好好地跟父母親談一談。

◆ 彼女と別れるにせよ別れないにせよ、このまま連絡をしないのは卑怯というものですよ。

　　不管是要與她分手或不分手，就這樣不聯絡實在是差勁呀。

┃実戦問題┃

＿＿＿ ＿＿＿ ★ ＿＿＿女の子にしても、我が子はかわいいものだ。

1 男の子　　　　　**2** 親　　　　　　　**3** にしても　　　　**4** からすると

36 ～（か）と思うと

┃意味┃ ～したら、すぐに～　才剛…就立刻…

┃接続┃ 動詞た形＋（か）と思うと

┃説明┃

表示感覺上前項動作才剛成立，另一項動作就緊接著發生，語氣中帶有意外，常用於事與願違。另可作「～（か）と思えば」、「～（か）と思ったら」的形式。

┃例文┃

◆ 高木さんは今晩デートがあるらしい。5時になったかと思うと、すぐに退社してしまった。

　高木小姐今晚好像有約會。5點一到，就馬上下班走了。

◆ 春は暖かくなったと思えば、次の日はまた寒くなるので着る物に困ってしまう。

　才在想春天回暖了，隔天馬上又變冷，真是不知該如何穿衣服。

◆ うちの娘はやっと帰ってきたかと思ったら、またすぐ出かけてしまった。

　心想女兒好不容易才回來，卻又馬上出門去了。

┃実戦問題┃

体調が悪くて、＿＿＿　★　＿＿＿　＿＿＿またズキズキしてきた。

1 か　　　　　**2** 治まった　　　　　**3** 頭痛が　　　　　**4** と思ったら

37 〜か〜ないかのうちに

┃**意味**┃ 〜するとほぼ同時に　才剛…就…

┃**接続**┃ 動詞辞書形 ⎫
　　　　 動詞た形　 ⎭ ＋か＋動詞ない形＋かのうちに

┃**説明**┃

表示就在前項動作似發生未發生的瞬間，便有了後項行為。強調前後項動作的時間點幾乎同時、沒有間隔。

┃**例文**┃

◆ 彼はよほどお腹がすいていたのか、１２時になるかならないかのうちに弁当を買いに走って行った。

　　他應該是肚子相當餓，才一到 12 點就衝去買便當了。

◆ 新しい学校に期待してか、子供は「行ってきます」と言ったか言わないかのうちに飛び出していきました。

　　不知道是不是很期待新學校，這孩子才剛說「我走囉」，就衝出家門了。

◆ この店は注文したかしないかのうちに、料理が出てくる。

　　這家店才剛點完餐，料理就馬上端上桌。

┃**実戦問題**┃

バスで立ちっぱなしで足が疲れたから、前の＿＿　＿＿　★　＿＿かのうちに、その横へ移動した。

1 乗客が　　　　　**2** か　　　　　**3** 立つ　　　　　**4** 立たない

38 〜というと

▋意味▋ ①〜と聞くと、〜が思い出される　說到…就想到…

②相手の発言を確認する　確認對方發言內容

▋接続▋ 名詞
ナ形
イ形普通形
動詞普通形
┃＋というと

▋説明▋

①表示針對某項事物有著直覺式的印象，前面提起該項事物，後接相關的聯想或感想。此時也可作「〜といえば」、「〜といったら」的形式，常用度依序為「〜といえば」＞「〜というと」＞「〜といったら」。

②用於承接對方的話題，確認其內容是否同自己所想。會話中常省略為「〜って」。

▋例文▋

①

◆ スイスというと、何をイメージしますか。

　說到瑞士，你有什麼印象呢？

◆ 台湾の果物といえば熱帯フルーツですが、最近は農作物の品種改良が進んで温帯フルーツもおいしいそうです。

　一提到臺灣的水果就想到熱帶水果，但是最近隨著農作物品種改良的進步，聽說溫帶水果也很好吃。

◆ 温泉といったら、やはり群馬県の草津温泉が一番だ。

　說到溫泉，果然是群馬縣的草津溫泉最好。

②

◆ A：鈴木さんから電話がありましたよ。

　　鈴木小姐有打電話找你喔。

　 B：鈴木さんというと、鈴木商事の会長さんですか。

　　你說的鈴木小姐是指鈴木商業公司的董事長嗎？

◆ A：あの、鶴屋の招待券を持っているので、よかったら一緒に行かない？

　　那個，我手上有鶴屋的招待券，方便的話要不要一起去呢？

　 B：鶴屋って、あの 10 万円もする懐石料理店なの？

　　你說的鶴屋是指那個要價 10 萬日幣的懷石料理店嗎？

◆ A：おととい、伏見さんのお見舞いに行くつもりでした。しかし、ＩＣＵへ移ってしまったからできませんでした。

　　前天我原本打算去探望伏見先生，但因為移到 ICU 了，所以無法探望。

　 B：ＩＣＵって集中治療室ですか。そんなに重篤ですか。

　　你說的 ICU 是指加護病房嗎？病情居然這麼嚴重嗎？

┃実戦問題┃

日本の＿＿＿ ＿★＿ ＿＿＿ ＿＿＿だ。

1 スポーツ　　　　**2** といえば　　　　**3** 伝統的な　　　　**4** 相撲

39 ～といったら

┃意味┃ ～は、本当に～　說起…真是…

┃接続┃ 名詞＋といったら

┃説明┃

「～といったら」除了作話題聯想使用，也能表示感嘆。將自己有所感觸的事物特別提起作為話題，後面跟著抒發感想，會話上常省略成「～ったら」。

┃例文┃

◆ かぐや姫の美しさといったら、この世のものとは思えません。

　　說起輝夜姬的美，真是世間難得一見。

◆ 初めて一人で海外旅行をした時の心細さといったら、今思い出しても涙が出そうです。

　　說起第一次單獨出國旅行時的無助不安，至今回想起來都快掉眼淚。

◆ 舞台に立った時の息子の表情といったら、親の私まで緊張してしまうほどでした。

　　說起兒子站在舞臺上的表情，連作父母的我都緊張得不得了。

┃実戦問題┃

世界的にも＿＿＿　★　＿＿＿　＿＿＿、白鷺が羽を広げるように美しくて誰もが見惚れてしまう。

1 認められた　　　**2** 魅力　　　　　**3** といったら　　　**4** 姫路城の

40 ～といった

┃意味┃ ～などの例　…之類的…

┃接続┃ 名詞₁、名詞₂＋といった＋名詞

┃説明┃

前面舉出一至數個例子，後接歸納該事物類別的名詞。也暗示不只所舉例子，還有其他同類事物之意。常與表列舉的「や」、「とか」一起使用。

┃例文┃

◆ 英語の"tsunami"（津波）、"judo"（柔道）、"manga"（漫画）といった言葉は日本語から取り入れられている。

　英語中的「海嘯」（tsunami）、「柔道」（judo）、「漫畫」（manga）等單詞是由日文引進的。

◆ 統計によると、この大学にはタイやベトナムといった東南アジアの国からの留学生が多いそうだ。

　根據統計，這所大學好像有許多來自泰國、越南等東南亞國家的留學生。

◆ ダイエット中、豆腐やアーモンドといった高タンパク質で低炭水化物の食べ物を食べるといいと言われている。

　據說減肥期間中吃豆腐、杏仁等高蛋白質、低碳水化合物的食物很不錯。

┃実戦問題┃

カトリック教は____　____　★　____で広く信仰されている。

1 といった

2 イタリアや

3 ヨーロッパの国

4 フランス

41 ～といっても

｜意味｜ ～が、実際は～　雖說…其實…

｜接続｜ 名詞／普通形 ⎫
ナ形／普通形 ⎬＋といっても
イ形普通形 ⎪
動詞普通形 ⎭

｜説明｜

表示對某項說法提出保留。後文為說話者所作的補充，說明實際情形如何與說法上的認知有差距。

｜例文｜

◆ Ａ：田中さんのご趣味は山登りなんだそうですね。

聽說田中先生您的興趣是登山。

Ｂ：いや、趣味といっても年に一、二度登る程度なんです。

沒啦，雖說是興趣也只有一年爬一兩次而已。

◆ Ａ：彼女、日本語が話せるんですって。すごいよね。

聽說她會講日文。好厲害喔！

Ｂ：話せるといっても初級程度だろう。あの程度なら僕だって話せるさ

雖說會講也只有初級的程度罷了。那樣的程度我也會講啊。

｜実戦問題｜

Ａ：会社を経営していると伺ったんですが…

Ｂ：いやいや、＿＿＿ ★ ＿＿＿ ＿＿＿ですよ。

1 小さな　　　　**2** 会社　　　　**3** といっても　　　　**4** ヘアサロン

42 ～からといって

┃意味┃ たとえ～という事実があっても　就算…；即使…

┃接続┃ 名詞普通形
ナ形普通形
イ形普通形
動詞普通形
}＋からといって

┃説明┃

後接否定表現，表示前述事項不足以成為後項成立的絕對理由。常與「わけではない」、「とは限らない」搭配使用。「～からって」為口語說法。

┃例文┃

◆ 警察だからといって、何をしてもいいわけではない。

　就算是警察，也不可以為所欲為。

◆ 学歴が高いからといって、能力があるとは限らない。

　就算學歷高，也不一定能力就好。

◆ 台湾に10年住んでいるからといって、台湾語がわかるというわけではない。

　即使在臺灣住了10年，也未必就一定懂臺語。

◆ 勉強ができないからといって、不良だと決めつけるのはひどすぎる。

　因為書讀不好就斷定人家是不良少年，實在太過分了。

┃実戦問題┃

留学した＿＿＿　＿＿＿　★　＿＿＿とは限らない。

1 学べる　　　　**2** 言葉遣いが　　　**3** 正しい　　　　**4** からといって

43 ～まい

┃意味┃ ①絶対に～しない　不…

　　　　②～ないだろう　不會…吧

┃接続┃ 動詞辞書形＋まい

┃説明┃

①第一人稱的否定意志用法，等於「～ないつもりだ」。

②用於他人時，則表示說話者的否定推測。

┃例文┃

①

◆ 髪の毛の入ったラーメンを出しておきながら、謝りもしない。もうこんな店には二度と来るまい。

　　端出掉有毛髮的拉麵，卻連聲道歉也沒有。再也不會來這樣的店了。

◆ これ以上甘いものは食べまいと決心したのに、やっぱり食べてしまった。

　　雖然決定絕不再多吃甜食，結果還是吃了。

◆ 行こうか行くまいか迷ったが、結局行かないことにした。

　　猶豫著去還是不去，最後決定不去了。

②

◆ いくらお金に困っていても、彼は罪など犯すまい。

　　再怎麼缺錢，他也絕不會去犯罪吧。

重要

若為第Ⅱ類動詞時，也能作「動詞ます＋まい」的形式。注意第Ⅲ類動詞不規則變化及特殊變化的「ない」作「あるまい」。

	辞書形	助動詞「まい」
Ⅰグループ	飲む	飲むまい
Ⅱグループ	食べる	食べるまい／食べまい
Ⅲグループ	する	するまい／しまい／すまい
	来る	くるまい／こまい

実戦問題

挫折して涙が出そうになったが、人前では絶対＿＿＿　★　＿＿＿　＿＿＿こらえた。

1 まい　　　　　　2 必死に　　　　　3 泣く　　　　　4 と

44 〜のではあるまいか　書面語

┃意味┃ 〜ではないだろうか　不是…嗎；大概…吧

┃接続┃
名詞な
ナ形な
イ形い
動詞普通形
＋のではあるまいか

┃説明┃

可視同否定疑問推量「ではないだろうか」，以反問的形式帶出說話者的主張，意思是「たぶん〜だ」、「〜でしょう」。連接名詞或ナ形時可省略「なの」。

┃例文┃

◆ この女性こそは僕の運命の人なのではあるまいか。

　　這位女性不就是我的真命天女嗎！

◆ 動かなければ、何も始まらないのではあるまいか。

　　不行動的話，大概什麼事也做不成吧！

◆ もう日が暮れたというのに連絡がない。まさか何かあったのではあるまいか。

　　都天黑了還沒消沒息。該不會發生了什麼事吧。

◆ バスの本数が少ないから、通勤には不便ではあるまいか。

　　因為公車班次少，通勤上班大概很不方便吧。

┃実戦問題┃

地球温暖化を緩やかにしないと、将来自然災害に＿＿＿　★　＿＿＿＿＿＿＿ではあるまいか。

1 拡大する　　　　**2** よる　　　　　**3** 被害も　　　　　**4** の

●　模擬試験　●

次の文の（　　）に入れるのに最もよいものを、1・2・3・4から一つ選びなさい。

1 青森県（　　）りんごだね。その生産量は日本全国の5割以上を占めているらしいよ。

  1 にしたら　　　　　**2** からして　　　　　**3** といえば　　　　　**4** にしても

2 彼女は機嫌がよくなった（　　）、またわっと泣き出した。

  1 と思うと　　　　　**2** というと　　　　　**3** にしても　　　　　**4** といったら

3 親の説教が終わるか終わらない（　　）弟が部屋を出ていった。

  1 まま　　　　　**2** のに　　　　　**3** としても　　　　　**4** かのうちに

4 れんこん、さつまいも（　　）秋の野菜は栄養を蓄えていておいしい。

  1 ような　　　　　**2** というと　　　　　**3** といった　　　　　**4** といったら

5 在宅勤務が普及すれば、将来オフィスがいらない会社が増える（　　）。

  1 まい　　　　　　　　　　　　　　　　**2** のではあるまいか

  3 わけがない　　　　　　　　　　　　　**4** わけにはいかない

6 愛犬がなくなったあと、悲しすぎて、もうペットを飼う（　　）と決めた。

  1 な　　　　　**2** まい　　　　　**3** べきだ　　　　　**4** に限る

7 医者だ（　　）、自分の健康に気をつけているわけではない。

  1 にせよ　　　　　**2** としても　　　　　**3** といっても　　　　　**4** からといって

8 A：あしたの朝、寒くなるんだって？

　B：まあ、寒くなる（　　）今日より気温が３度下がるくらいだよ。

　1 一方　　　　　　　**2** から　　　　　　　**3** としたら　　　　　**4** といっても

9 どんな事情がある（　　）、人の金銭をだまし取ることは犯罪です。

　1 にしろ　　　　　　**2** からして　　　　　**3** にしては　　　　　**4** かと思うと

10 あんなに先生に叱られたから、彼はもう二度といたずらをする（　　）。

　1 まい　　　　　　　　　　　　　　**2** ものではない

　3 わけではない　　　　　　　　　　**4** のではあるまいか

11 法学部を卒業した（　　）、必ずしも弁護士資格がとれるとは限らない。

　1 きり　　　　　　　**2** あげく　　　　　　**3** からといって　　　**4** にもかかわらず

12 結婚式に出席するにしろ欠席する（　　）、返信はがきを出すようにしてく

　ださい。

　1 まい　　　　　　　**2** にしろ　　　　　　**3** にしても　　　　　**4** かと思ったら

13 「どうぞ」と言うか（　　）のうちに、息子がおやつを口元に運んだ。

　1 言わないか　　　　**2** 言ったか　　　　　**3** 言うまいか　　　　**4** 言おうか

14 新しい年を迎えたのはうれしいけど、年末の忙しさ（　　）、目が回るほど

　大変だっだよ。

　1 にしろ　　　　　　**2** からみて　　　　　**3** といったら　　　　**4** と思えば

15 空がどんよりしていた（　　）、雨が降り出した。

　1 からみると　　　　**2** かのうちに　　　　**3** からといって　　　**4** かと思ったら

第 5 週

Checklist

45 ～にあたって

書面語

▎意味▎ これから～する時に　臨…之時

▎接続▎ 名詞
動詞辞書形 ｝＋にあたって

▎説明▎

表示面臨重大事件或特殊場合、情境，所採取的相對應行為。前面常接續「入学」、「卒業」、「就職」、「結婚」、「受験」等字。屬於非常正式且生硬的說法，不用於日常會話，但會用於演講、致詞、賀卡之中。與文法「～に際して」用法相近，但更為正式，且後文多為需要特別注意的事。

▎例文▎

◆ 新年にあたって、今年の抱負を書きぞめにしたためた。

　適逢新年，揮毫寫下今年的抱負。

◆ 卒業するにあたって、お世話になった先生方に一言お礼を申し上げます。

　畢業之際，想對照顧我的老師說聲謝謝。

◆ 発電所の建設にあたり、近隣住民の皆さんのご理解とご協力をお願い申し上げます。

　在建設發電廠之際，懇請附近所有居民的諒解與協助。

▎実戦問題▎

今回の合宿＿＿＿　＿＿＿　★　＿＿＿下見に行ってまいりました。

1 として　　　　**2** にあたり　　　　**3** を行う　　　　**4** 幹事

62

46 〜に際して
書面語

┃意味┃ 〜時に　…之際

┃接続┃ 名詞する　　┐
　　　　　動詞辞書形　┘＋に際して

┃説明┃

「〜時」的書面語。前接未來會發生的事件或活動，表示藉著其時機進行某動作。
修飾名詞時作「に際しての＋名詞」。

┃例文┃

◆ 引っ越しに際して、ご近所の方々にご挨拶しなければならない。

　　搬家之際，得先跟附近的鄰居們打聲招呼才行。

◆ 我が国でワールドカップを開催するに際して、テロ対策などが話し合われた。

　　我國舉辦世界盃之際，討論過如何防杜恐怖行動等的對策。

◆ 今回の国際会議に際しての議題はやはり環境問題をどのように解決するかであろう。

　　此次國際會議的當前議題應該還是如何解決環境問題吧。

┃実戦問題┃

当社では契約＿＿＿　★　＿＿＿　＿＿＿、お客さんへの最適な提案をいたします。

1 の　　　　　　2 に　　　　　　3 際し　　　　　4 手続き

47 ～際（に）

書面語

▌意味▌ ～時に　…的時候

▌接続▌ 名詞の
動詞辞書形／た形 ｝＋際（に）

▌説明▌

「～時に」的書面語，表示在某個特定的時間或場面，前項可為已發生或未發生的事情。

▌例文▌

◆ お近くへお越しの際はぜひお立ち寄りください。

　有到附近時，請務必來走走。

◆ 非常の際にはこのボタンを押してください。

　緊急時，請按下這個按鈕。

◆ 台北へいらっしゃる際にはぜひご連絡ください。

　來臺北的時候，請務必與我聯絡。

◆ 先日日本へ帰国した際、学生時代の友人に会いました。

　前些日子回日本的時候，與學生時代的朋友見了面。

▌実戦問題▌

カードの紛失＿＿＿　★　＿＿＿　＿＿＿、早急に無効手続きを行ってください。

1 盗難に　　　　　2 または　　　　　3 際　　　　　4 遭われた

48 ～に先立って

┃意味┃　～の前に、～しておく　　在…之前先做…

┃接続┃　名詞　　　　　　　｝＋に先立って
　　　　　動詞辞書形

┃説明┃

表示在進入某正題或開始進行某特殊或是重大的事情之前，要先施行後項動作以作準備，多用於儀式或活動開始等正式場合。強調事情的優先順序。修飾名詞時作「に先立つ＋名詞」。

┃例文┃

◆ この話をするに先立って確認しておかなければならないことがあります。

　　在開始談論這件事之前，有些地方得先確認一下才行。

◆ この土地を離れるに先立ち、雛鳥たちも飛ぶ練習を始めたようです。

　　在離開這塊土地之前，雛鳥們好像也已經開始練習飛行。

◆ 新商品開発に先立つマーケティング調査を行っています。

　　正在進行新商品開發前的市場調查。

┃実戦問題┃

来月開かれる地球サミットに先立ち、気候変動問題に＿＿＿ ＿＿＿ ★ ＿＿＿
ように呼びかけた。

1 やめる　　　　　　2 環境 NGO は　　　3 火力発電を　　　4 取り組む

49 〜に応じて

┃意味┃ 〜に対応して　根據…；配合…

┃接続┃ 名詞＋に応じて

┃説明┃

表示因應前項事物的變化程度差異，如預算、成績，或是他人的要求請託，採取相對應的行動。前項不能接來自他人的期待。修飾名詞時作「に応じた＋名詞」。

┃例文┃

◆ 砂糖の量はお好みに応じて加減してください。

　砂糖的量請隨喜好適度增減。

◆ 私は担任教師として、生徒一人ひとりの能力に応じた指導を心がけている。

　我身為導師，時時不忘根據每個學生的能力因材施教。

◆ 当英会話教室では皆さんのレベルに応じてクラス分けをしています。

　本英語會話教室配合大家的程度而實施分班。

 重要

> 前面常接續的名詞有：「要求」、「要望」、「注文」、「状況」、「成績」、「予算」、「金額」、「年齢」。

┃実戦問題┃

この地域では大豆の＿＿＿ ＿＿＿ ★ ＿＿＿検討を進めている。

1 向けて　　　　2 需要に　　　　3 応じた　　　　4 生産拡大に

50 ～に応えて

┃**意味**┃ ～に沿うように　響應…；回應…

┃**接続**┃ 名詞＋に応えて

┃**説明**┃

表示接受來自他人的期待或請求，並予以回應。前項不能接預算、成績等會變化的事物。修飾名詞時作「に応える＋名詞」。

┃**例文**┃

◆ 彼は両親の期待に応え、みごとに東大に合格した。

　他不負父母的期望，成功考上東京大學。

◆ 観客の拍手とアンコールの声に応え、彼は再度舞台に立った。

　為回應觀眾的掌聲和安可聲，他再次踏上舞臺。

◆ 多くのファンの声援に応える選手たちは、技術も高く素晴らしいプレーを見せていた。

　回應眾多球迷支持的選手們，展現了技術高超的精采演出。

 重要

前面常接續的名詞有：「要求」、「要望」、「希望」、「依頼」、「期待」、「声援」、「人気」、「気持ち」、「～の声」。

┃**実戦問題**┃

＿＿＿　★　＿＿＿　＿＿＿取り組んでいます。

1 に応えて 　　　　　　　　**2** サービス向上に

3 消費者ニーズ 　　　　　　　**4** 多様化する

51 ～に沿って

┃意味┃ ①～のふちに平行して　沿著…

　　　　　②～に合わせて　遵照…

┃接続┃ 名詞＋に沿って

┃説明┃

①原意為順著路線、邊緣一路過去。

②後引申為遵循狀況、方針、範本的指示。

┃例文┃

①
◆ 旅人はあてもなく線路に沿って歩き続けた。

　　旅人漫無目的地沿著鐵軌一直走。

◆ 道に沿い、たくさんの花が植えられている。

　　沿途栽種著許多花。

②
◆ 本に書いてある手順に沿ってやりました。

　　按照書裡所寫的步驟做了。

◆ 建築士の書いた設計図に沿って建築が進められている。

　　工程正依照建築師所畫的設計圖進行。

┃実戦問題┃

　この業務は＿＿＿ ＿＿＿ ★ ＿＿＿効率的に完成できます。

1 さらに　　　　　　**2** 作業すれば　　　　**3** 沿って　　　　　　**4** マニュアルに

52 ～にかけては

┃意味┃ ～については 在…方面

┃接続┃ 名詞＋にかけては

┃説明┃

表示在某方面的表現值得一提，通常是關於能力或技術，後文為對此所作的評價。

┃例文┃

◆ 料理の腕前にかけては彼の右に出るものはいない。

  在烹飪技巧方面，無人能出其右。

◆ 私のクラスには日本語が上手な人がたくさんいますが、発音の正確さにかけては彼女が一番です。

  我的班上日文好的人很多，但若以發音的正確性來說，她是最棒的。

◆ 勉強ではクラスでも後ろから数えたほうが速い息子だが、テレビゲームの試合にかけては誰にも負けない。

  讀書方面在班上經常排名倒數的兒子，打電動遊戲的比賽卻都不落人後。

┃実戦問題┃

スピードと＿＿＿ ★ ＿＿＿ ＿＿＿、レブロン・ジェームズにまさる選手はいないと思う。

1 パワーを **2** 身体能力に **3** かけては **4** 兼ね備えた

53 ～に加えて

┃意味┃ ～のうえ、さらに～／～のほかに、また～　除了…再加上…

┃接続┃ 名詞＋に加えて

┃説明┃

表示事物的累加。意指除了前項之外還有其他，不只一項的意思。

┃例文┃

◆ 学校の宿題に加え、塾に通わされて遊ぶ暇のない子供が多い。

　有很多小孩除了學校的功課之外，還要上補習班，根本沒空玩。

◆ 生産コストの上昇に加え、最近の円高の影響で商品そのものを値上げするよりほかないのです。

　生產成本上升，再加上最近受到日幣升值的影響，除了調高商品本身售價外別無他法。

◆ 台風の暴風域に入ってからは、大雨に加えて強風も予想されます。

　進入颱風的暴風圈之後，可以想像必定會是狂風加上暴雨。

┃実戦問題┃

今回の____ ____ ★ ____進化させた。

1 基本性能に　　　　　　　　2 リニューアルでは

3 加えて　　　　　　　　　　4 省エネ機能を

54 〜に伴って

書面語

┃意味┃ 〜と同時に　伴隨著…

┃接続┃ 名詞
動詞辞書形（の）　＋に伴って

┃説明┃

表示伴隨著前項變化或動作的產生，連帶引起另一項變動，或該動作所導致的結果。後面可接主觀意志或客觀結果。修飾名詞時作「に伴う＋名詞」。

┃例文┃

◆ 経済の発展に伴って、都市犯罪も増加してきた。

伴隨著經濟的發展，都市犯罪亦日益增加。

◆ 夫の転勤に伴い、子供たちも転校せざるをえなくなった。

隨著丈夫的調職，孩子們不得不轉學。

◆ 老化に伴う体力の衰えはまぬがれないことです。

伴隨老化而來的體力衰落是無可避免的事。

重要

相似文法「〜につれて」表示隨著事物進展或程度變化，而自然而然產生後項。後面不可接主觀意志。

┃実戦問題┃

文化面から見ると、グローバル化の＿＿＿　＿＿＿　★＿＿＿　＿＿＿や衝突も生じた。

1 摩擦　　　　　　**2** に伴い　　　　　**3** 進展　　　　　**4** 異文化間の

71

55 ～に関して

▋意味▋ ～について　關於…；有關…

▋接続▋ 名詞＋に関して

▋説明▋

表示涉及到某事物的相關內容。修飾名詞時作「に関する／に関しての＋名詞」。

▋例文▋

◆ 今回の事件に関してお聞きしたいことがあるのですが、よろしいでしょうか。

　關於此次事件有事情想請教，不知您是否方便？

◆ 先日ゴミ問題に関してのアンケートが実施されました。

　前些日子實施了有關垃圾問題的問卷調查。

◆ 今言語学に関する本を読んでいます。

　目前正在閱讀有關語言學的書。

▋実戦問題▋

環境省は気候と経済活動と＿＿＿　＿＿＿　＿★＿　＿＿＿調査しています。

1 の　　　　　　　2 に　　　　　　　3 関して　　　　　　4 つながり

● 模擬試験 ●

次の文の（　　）に入れるのに最もよいものを、1・2・3・4から一つ選びなさい。

1 就職活動（　　）、大学のキャリアセンターで模擬面接を受けてみた。
　　1 に応じて　　　　　2 に先立ち　　　　3 に沿って　　　　4 に伴って

2 ここのシェフは顧客の要望（　　）、特製料理を提供するそうだ。
　　1 に加えて　　　　　2 にかけて　　　　3 に応じて　　　　4 について

3 開会（　　）、一言ごあいさつ申し上げます。
　　1 にあたり　　　　　2 に応じて　　　　3 に伴って　　　　4 に応えて

4 彼女は小さい頃から習字を続けてきたので、書道（　　）誰よりも優れている。
　　1 といえば　　　　　2 に加えて　　　　3 に対して　　　　4 にかけては

5 このレポートでは交通手段の発達（　　）人口変遷をテーマとして取り上げられた。
　　1 をめぐる　　　　　2 に対する　　　　3 に伴う　　　　　4 に応じる

6 奨学金の申し込み（　　）学校から必要書類を受け取って、提出します。
　　1 に応えて　　　　　2 に際して　　　　3 に伴って　　　　4 に対して

7 この鉄道は川（　　）敷かれており、車窓から絶景が楽しめる。
　　1 を通して　　　　　2 に伴って　　　　3 に沿って　　　　4 にあたって

⑧ 株式市場の行方（　　）、専門家の分析と予想を聞いた。

1 に加えて　　　　　**2** に関して　　　　　**3** に先立ち　　　　　**4** において

⑨ 市民の声（　　）行政改革を図り、計画を策定している。

1 に応える　　　　　**2** に応じた　　　　　**3** に関する　　　　　**4** に際しての

⑩ 退職する（　　）、必ず保険証を会社に返却しなければならない。

1 折　　　　　　　　**2** 節　　　　　　　　**3** 柄　　　　　　　　**4** 際

⑪ オリンピックの開催（　　）、競技会場の整備が行われる予定です。

1 に伴って　　　　　**2** に応えて　　　　　**3** に先立ち　　　　　**4** に関して

⑫ 論文を本誌に投稿する際、著作権（　　）同意書に署名して同封するようお願いします。

1 における　　　　　**2** に先立つ　　　　　**3** に応じた　　　　　**4** に関する

⑬ 企業は経済的価値（　　）、地域社会に対する役割を果たす必要があると考えられるようになった。

1 に加えて　　　　　**2** に応えて　　　　　**3** に際して　　　　　**4** に伴って

⑭ この番組では毎週のテーマ（　　）、楽しく歴史を語ってまいります。

1 に応えて　　　　　**2** に沿って　　　　　**3** に加えて　　　　　**4** に関して

⑮ 当店ではご予算（　　）コース料理をご用意いたします。

1 に伴って　　　　　**2** に応えて　　　　　**3** に応じて　　　　　**4** に先立って

第 6 週

Checklist

56 ～に反して

┃意味┃　～と反対に　與…相反

┃接続┃　名詞＋に反して

┃説明┃

前面多接續「予想」、「期待」、「予測」、「意向」、「願い」、「希望」等字詞，表示事情的發展違反先前的期望；也能接續「法律」或「規則」，表示違反某項規則。名詞修飾時作「に反する／に反した＋名詞」。

┃例文┃

◆ プレッシャーが強すぎたのか、周囲の期待に反して、彼女は大学受験に失敗してしまった。

　　不知是否因為壓力太大，和周圍的人期盼相左，她並未通過大學入學考試。

◆ 当初の予測に反し、円は安値を付け続けた。

　　和當初的預測相反，日圓一路下滑。

◆ 今回の市長選挙は大方の予想に反した結果となった。

　　此次市長選舉的結果跌破大家的眼鏡。

┃実戦問題┃

離婚裁判で子供＿＿＿　★　＿＿＿　＿＿＿、親権者が父親に決まった。

1 の　　　　　　　**2** に　　　　　　　**3** 意向　　　　　　**4** 反して

57 〜につき

書面語

┃意味┃ 〜なので　由於…

┃接続┃ 名詞＋につき

┃説明┃

表示原因、理由，專門用於公告、通知等告示文中。

┃例文┃

◆ 出入り口につき駐車禁止。

　出入口前，請勿停車。

◆ 祭日につき、本日は休業させていただきます。

　適逢假日，本日歇業一天。

◆ セール商品につき、ご返品、お取り替えはお断りします。

　由於是特價品，恕不受理退換。

◆ この商品は大好評につき、追加販売いたします。

　由於本項商品大受好評，所以再追加數量銷售。

┃実戦問題┃

店舗改装＿＿＿　★　＿＿＿＿　＿＿＿＿にて営業中です。

1 下記　　　　　　2 につき　　　　　3 の　　　　　　4 仮店舗

58 ～につけ（て）

┃意味┃ ～すると、いつも　*毎當…就…*

┃接続┃ 動詞辞書形＋につけ（て）

┃説明┃

慣用表現，表示感官或思緒上一觸及前項事物便有感而發，通常前面接續「見る」、「聞く」、「思う」、「考える」等感官動詞，後項為其感想、感觸。

┃例文┃

◆ この写真を見るにつけ、楽しかった学生時代を思い出す。

　　每當我看見這張照片，就會想起快樂的學生時代。

◆ 彼女のことを考えるにつけ、あんなこと言わなければよかったと後悔の念に苛まれる。

　　每當我想到她時，就會後悔「要是不說那樣的話就好了」而自責。

◆ こういう話を聞くにつけて、女は強いと思う。

　　每當聽到這樣的故事時，就會覺得女人是強者。

┃実戦問題┃

『阪急電車』という＿＿＿　★　＿＿＿　＿＿＿、人間は絡み合って生きていると考えさせられる。

1 に　　　　　　　　**2** 小説を　　　　　　**3** つけ　　　　　　**4** 読む

59 ～につけ

┃意味┃ ～たびに　無論遇到…都…

┃接続┃ 名詞＋につけ

┃説明┃

慣用表現，表示無論涉及或關係到任何事物，都只會採取後項的行為。前面常接續由「何～」合成的詞，例如「何かにつけ」、「何事につけ」等。

┃例文┃

◆ 私 の 上 司は何かにつけ、自分のことを先に 考 える。

　無論任何事，我的上司總是先想到他自己。

◆ 社会に出たら何事につけ我慢しなければならなくなる。

　出社會之後，無論什麼事都得忍耐。

◆ 実家を出て、一人暮らしをし始めてから、母は何かにつけ電話をかけてくる。

　自從離開老家，開始一個人生活之後，母親便動不動就會打電話來。

 重 要

衍生慣用句型「～。それにつけても、～」，用於將前句話題作延伸承接後句，中文可翻譯為「說到這個」。

┃実戦問題┃

彼女はとても真面目な人で、＿＿＿ ＿＿＿ ★ ＿＿＿。

1 につけ　　　　**2** 深く　　　　**3** 何事　　　　**4** 考え込む

60 ～につけ～につけ

┃意味┃ ～ても～ても　不管是…還是…

┃接続┃
名詞
イ形い ｝＋につけ＋ 名詞
動詞辞書形 イ形い ｝＋につけ
動詞辞書形

┃説明┃

慣用表現，表示不管哪種情形都適用，後文主要為客觀陳述。常與成對的相反詞組搭配，例如：「良き・悪しき」、「寒い・暑い」、「会う・別れる」；偶而也能看到表並列的詞組，例如：「飲む・食べる」、「見る・聞く」。

┃例文┃

◆ 雨につけ風につけ、一人暮らしの息子が心配だ。

　　不管刮風或下雨，都會擔心獨自居住在外的兒子。

◆ 煮るにつけ焼くにつけ、日本料理は油をあまり使わない。

　　不管是熬煮或是燒烤，日本料理都不太用油。

◆ 台湾も日本も、天然資源に乏しい島国だ。良きにつけ悪しきにつけ、外国との交流なしに経済は語れない。

　　臺灣與日本都是缺乏天然資源的島國。不管好壞與否，不與外國交流就別提經濟。

┃実戦問題┃

うれしいにつけ＿＿＿　＿＿＿　★　＿＿＿を思い出す。

1 こと　　　　　**2** 故郷の　　　　　**3** 悲しい　　　　　**4** につけ

61 ～限り（では）

┃意味┃ ～範囲で判断すれば　就…來說

┃接続┃ 名詞の
動詞辞書形／た形／ている形　＋限り（では）

┃説明┃

「限り」表示限定，與「で」連用時意指所限定的手段範圍。前接情報、認知，表示憑藉其有的依據下判斷，並提出看法。用於保守聲明。

┃例文┃

◆ 今回の調査結果の限りでは、ネットショッピングの利用者は今後ますます増えていきそうだ。

　若就此次的調查結果來說，網路購物的使用者今後似乎會越來越多。

◆ 私の知っている限り、鈴木さんがそんなことをするはずがありません。

　就我所知，鈴木先生不可能做那種事情。

◆ ちょっと見た限りでは、加藤さんはなかなか感じのいい人だ。

　就我稍微瞄到一眼來說，加藤先生是一個感覺相當不錯的人。

┃実戦問題┃

話を＿＿＿　＿＿＿　★　＿＿＿風邪だが、念のため、インフルエンザの検査を勧めます。

1 一般的な　　　　2 限り　　　　　3 では　　　　　4 聞いた

62 ～限り（は）

┃意味┃ ～間は　只要…就…

┃接続┃ 名詞の／である

ナ形な／である

イ形い

動詞辞書形／ている形

＋限り（は）

┃説明┃

前接狀態作為條件，強調只要該狀態不改變，後文情形就會一直成立。前接否定形作「～ない限り（は）」時，意思則為「若不…的話」。

┃例文┃

◆ 体が丈夫な限り、いつまでも働き続けたい。

　只要身體健康，就想一直繼續工作下去。

◆ 自分が一番正しいと思っている限り、他人の意見に耳を傾けることなどできないだろう。

　光想著自己最正確，是無法傾聽他人的意見吧。

◆ 自分から話しかけない限り、誰も君に話しかけてこないよ。

　若是自己不主動跟人攀談的話，誰也不會來跟你講話的。

┃実戦問題┃

恋愛に対して、＿＿＿　★＿＿＿　＿＿＿　＿＿＿と考える人がいる。

1 限り　　　　　**2** いつか　　　　　**3** 別れる　　　　　**4** 結婚しない

63 ～を限りに

┃意味┃ ①～を最後に　以…為期

②～の限界まで　使…到極限

┃接続┃ 名詞＋を限りに

┃説明┃

①與時間名詞或事件搭配，意指最後期限或以某事為分水嶺。

②慣用表現，表示限度、極限。前常接「声」、「命」、「力」，此時也可作「～の限り」的用法。

┃例文┃

①

◆ このバラエティ番組は視聴率が伸びないので、今回を限りに打ち切られました。

　這個綜藝節目的收視率沒有增長，所以此次播完後就要下架了。

◆ 駒田選手は2006安打を達成した2000年を限りに引退したそうだ。

　聽說駒田選手是在完成2006支安打的2000年引退的。

②

◆ 彼女は声を限りに彼の名を呼んだ。

　她聲嘶力竭地呼喊著他的名字。

┃実戦問題┃

リレーで力＿＿＿ ＿★＿ ＿＿＿ ＿＿＿クラスメートの姿に感動した。

1 に　　　　　**2** の　　　　　　　**3** 限り　　　　　**4** 走っている

64 〜に限って

‖意味‖ 特に〜は／〜だけは他と違って　特別是…；只有…才

‖接続‖ 名詞＋に限って

‖説明‖

表示限定，前接欲刻意突顯的事物，強調具有絕對性，後文則是關於其特殊事跡的提示。立場主觀，態度時常流於偏頗。

‖例文‖

◆ うちの子に限って、泥棒なんかするはずがありません。

　　特別是我家的孩子，絕不可能去當什麼小偷。

◆ 傘を持って出なかった日に限って雨が降る。

　　只要沒帶傘出門的日子偏偏就遇到下雨。

◆ 忙しい時に限って、突然の来客があるものだ。

　　特別是忙碌的時候，就有客人突然來訪。

◆ 英語ができるとホラを吹いている人に限って、たいして上手でもない。

　　特別是愛吹噓自己英語很好的人，大部分都不怎麼樣。

‖実戦問題‖

私は＿＿＿ ＿＿＿ ★ ＿＿＿降るから、友だちに雨女と呼ばれている。

1 日　　　　　　　**2** に限って　　　　　**3** 出かける　　　　**4** 雨が

65 〜に限り／に限らず

┃意味┃ ①「〜に限り」：〜だけは　僅限於…

②「〜に限らず」：〜だけでなく、〜　不限於…

┃接続┃ 名詞＋に限り／に限らず

┃説明┃

①表示限定，說明後項敘述僅適用於前述對象、範圍。

②否定形時，用於表示不只前項是如此，連與之相對的後項也適用。

┃例文┃

①

◆ 身長 １２０ センチ以下のお子様に限り、入場料は無料です。

　僅限於身高 120 公分以下的孩童免費入場。

◆ 緊急の場合に限り、脱出ハンマーの使用を認めます。

　僅限於緊急的情況，才准許使用車窗擊破器。

②

◆ あの女優は男性に限らず、女性にも人気があるらしい。

　那位女演員不只受到男性歡迎，似乎也深受女性喜愛。

◆ 特別感謝セール時は会員のお客様に限らず、一般のお客様にも会員価格で
お買い物いただけます。

　感恩特賣時不限會員，一般顧客也能以會員價格購買。

┃実戦問題┃

日本のアニメは国内＿＿＿　★　＿＿＿　＿＿＿注目されている。

1 に　　　　　　　　**2** でも　　　　　　　**3** 海外　　　　　　　**4** 限らず

66 〜とは限らない

| 意味 | 〜はいつも本当だは言えない　不一定…

| 接続 |
名詞普通形
ナ形普通形
イ形普通形　　}＋とは限らない
動詞普通形

| 説明 |

前接對方所想之事或一般被認定之事，說明該事是有例外的，不一定永遠都是如此。常與「必ずしも」、「からといって」、「いつも」等前接詞一起使用。另外，接續な形容詞及名詞非過去式普通形時，可省略「だ」。

| 例文 |

◆ 人生はいつも思い通りになるとは限らない。成長したいなら、逆境に打ち勝つことだよ。

人生不一定總是盡如人意。如果想成長，就要克服逆境。

◆ 江戸時代は世襲が当たり前だったが、現在は歌舞伎役者の息子が必ずしも名跡を継ぐとは限らない。

雖然在江戸時代世襲是理所當然的，但現代的歌舞伎演員的兒子不一定會繼承名號。

◆ お酒に強いからといって、酔わないとは限らないよ。

雖說酒量好，但也不一定不會醉啊。

| 実戦問題 |

努力した＿＿＿　＿＿＿　★　＿＿＿が、成功した人はみんな努力している。

1 必ずしも　　　**2** からといって　　**3** 成功する　　　**4** とは限らない

—————•————— 模擬試験 —————•—————

次の文の（　　）に入れるのに最もよいものを、1・2・3・4から一つ選びなさい。

1 彼のような何か（　　）文句を言う人に振り回されないでください。
 　　1 につき　　　　　　**2** につけ　　　　　　**3** に関して　　　　　　**4** に対して

2 インターネットで調べた（　　）、一番的確な翻訳がこちらです。
 　　1 とたん　　　　　　**2** と思えば　　　　　　**3** につけて　　　　　　**4** 限りでは

3 コラムの連載は不評（　　）打ち切りになります。
 　　1 につき　　　　　　**2** に伴って　　　　　　**3** から見て　　　　　　**4** に際して

4 彼女は親の期待（　　）、大学へ進学せず劇団に入団した。
 　　1 に対して　　　　　　**2** につけて　　　　　　**3** に反して　　　　　　**4** とは限らず

5 このバンドは今夜のライブ（　　）、当分活動を休止する予定です。
 　　1 以来　　　　　　**2** につき　　　　　　**3** からして　　　　　　**4** を限りに

6 A：やっと雪がやんだね。
 　　B：それ（　　）も、けっこう冷えるね。
 　　1 について　　　　　　**2** につけて　　　　　　**3** に関して　　　　　　**4** に対して

7 工事中（　　）、まわり道にご協力願います。
 　　1 につき　　　　　　**2** に伴って　　　　　　**3** に対して　　　　　　**4** につけても

⑧ 良き（　　）悪しきにつけ、太宰治を抜きにして近代文学を語ることができない。

　1 にしろ　　　　　　2 にせよ　　　　　　3 につけ　　　　　　4 からといって

⑨ そのアーティストが命ある（　　）、人生を芸術にささげると言った。

　1 限り　　　　　　　2 としても　　　　　3 に際して　　　　　4 に沿って

⑩ よく知らない人（　　）、いつも批判的な発言をする。

　1 につき　　　　　　2 につけて　　　　　3 に限って　　　　　4 にかけて

⑪ イチョウ並木を見る（　　）、学生時代の文化祭のことを思い出す。

　1 につき　　　　　　2 につけ　　　　　　3 に限って　　　　　4 限りでは

⑫ 赤ちゃんがだっこから下ろされたら、声（　　）泣き続けた。

　1 に応えて　　　　　2 に加えて　　　　　3 に限って　　　　　4 を限りに

⑬ 先着 1000 名のお客様（　　）、景品を贈呈します。

　1 につけ　　　　　　2 に限り　　　　　　3 に応えて　　　　　4 に関して

⑭ 憲法（　　）法律や命令は無効となります。

　1 に反する　　　　　2 に対する　　　　　3 に限る　　　　　　4 限りでは

⑮ 結婚の形は時代の変化とともに多様化してきた。結婚したからといって、夫婦は同居する（　　）。

　1 一方だ　　　　　　　　　　　　　2 かねない

　3 とは限らない　　　　　　　　　　4 のではあるまいか

第 **7** 週

Checklist

67 ～ないではいられない

┃意味┃ どうしても～したくなる　不禁…；不…不行

┃接続┃ 動詞ない形＋ではいられない

┃説明┃

表示無法抑制自己不做某項行為或感受。當前接情感表現的動詞時，用法類似「～てたまらない」，強調感受強烈到無法忍耐。「動詞ない＋ずにはいられない」為書面語。

┃例文┃

◆ 医者にいくら大丈夫だと言われても、やはり心配しないではいられない。

　　不管醫生說了多少次沒關係，還是不禁會擔心。

◆ 木曜夜9時スタートの連続ドラマは面白くて、一度見だしたら、毎週見ないではいられない。

　　星期四晚上9點播的連續劇真的很有趣，一看下去便每週都非看不可。

◆ 全世界が平和になることを願わずにはいられない。

　　深切期盼世界和平。

┃実戦問題┃

蚊に刺されたら、とても＿＿＿　★　＿＿＿　＿＿＿。

1 かゆくて　　　　**2** には　　　　　　**3** かかず　　　　　**4** いられない

68 ～てならない

┃**意味**┃ 我慢できないほど／とても～   不由得…；非常…

┃**接続**┃ ナ形で ⎫
     イ形くて ⎬ ＋ならない
     動詞て形 ⎭

┃**説明**┃

表示第一人稱油然而生的情緒反應，主要搭配「思える」、「気がする」、「悲しい」等自發性的知覺、情感表現。若用於第三人稱時，須加上「らしい」、「ようだ」、「そうだ」等推量助動詞。

┃**例文**┃

◆ 原子力発電所の事故が相次いで報道されているのを聞くと、不安でならない。

  聽到接二連三地報導核能發電廠的意外事故，不由得令人感到不安。

◆ このメロディーを聞くと、あの頃のことが思い出されてならない。

  一聽到這段旋律，就不由得想起當時的事。

◆ 彼女は愛犬がなくなってしまったことが悲しくてならないらしい。毎日ふさぎ込んでいる。

  她似乎因為愛犬死去而非常悲傷，每天都悶悶不樂。

┃**実戦問題**┃

こんな複雑な問題は____ ____ ★ ____ならない。

1 気が   2 多数決では   3 して   4 解決できない

69 〜てはじめて

┃意味┃ あることが起こってはじめて　自從某事發生才…

┃接続┃ 動詞て形＋はじめて

┃説明┃

在前句敘述某項特定事件，後句說明藉由該事件而初次體會的感想，或從未察覺過的事情等。因此後句常使用「わかる」、「知る」、「気がつく」等詞語。此句型亦有「〜みてはじめて」之形式，然其中的「みて」不一定含「嘗試」之意。

┃例文┃

◆ 自分が親になってはじめて、親のありがたみがわかった。

　　自己為人父母後，才知道父母親的恩情。（養兒方知父母恩）

◆ 一人で海外旅行に行ってはじめて、語学の大切さを痛感した。

　　一個人去國外旅遊後，我才深切感受外語的重要性。

◆ 上司に指摘されてみてはじめて、自分がいかに甘やかされて育ったかに気がついた。

　　被上司指責後，我才察覺自己是多麼被呵護寵大的。

┃実戦問題┃

病気に＿＿＿ ＿＿＿ ★ ＿＿＿わかる。

1 ありがたさが　　**2** なって　　　　　**3** 健康の　　　　　　**4** はじめて

70 ～にすぎない

| 意味 | ～だけだ／～でしかない　　不過…而已

| 接続 | 名詞（である）／だった
　　　ナ形である／だった
　　　イ形普通形
　　　動詞普通形
}＋にすぎない

| 説明 |

表示不超過某個層次或範圍，強調程度之低，不值一提，帶有點輕視的語氣。常與
「あくまで」、「ただ」、「単に」、「単なる」、「ほんの」等詞併用。

| 例文 |

◆ A：この辺りも毎年雪が降るんですか。

　　這一帶也每年都會下雪嗎？

　 B：ええ、降ることは降りますが、年に一度か二度にすぎませんよ。

　　嗯，下是會下，不過一年也只有一兩次而已。

◆ A：日本語の勉強を始めたそうですね。

　　聽說你開始學日文了呢。

　 B：ええ、まだ五十音が読めるにすぎませんが。

　　嗯，不過也只會唸五十音而已。

| 実戦問題 |

本学会は_★__　___　___　___が、皆様のご支援のおかげで、今年の４月に
会員数が 1000 人を突破しました。

1 会員数は　　　　**2** すぎなかった　　**3** 発足当初の　　**4** 4、5 人に

71 ～にほかならない

書面語

┃意味┃ ～以外のものではない　無非是…；正是…

┃接続┃ 名詞＋にほかならない

┃説明┃

表示強烈斷定，堅持除了前述理由外，這件事情沒有其他可能性。也常作「～から
にほかならない」的形式。比相似文法「～に決まっている」多了「限定」的意思。

┃例文┃

◆ 彼の今日の成功は若い頃の努力のたまものにほかならない。

　　他今日的成功無非是年輕時候努力的結果。

◆ 試験に合格できたのも、先生の熱心なご指導のおかげにほかなりません。

　　能夠通過考試，正是因為有老師熱心指導的緣故。

◆ 彼が子供に厳しくするのも子供への愛情にほかならないのだろうが、少し
やりすぎだと思わずにはいられない。

　　他對孩子嚴格無非也是出自對孩子的愛，但是不禁讓人覺得有點過頭了。

┃実戦問題┃

たとえ作者が不明の場合でも、無断で＿＿＿　＿＿＿　★　＿＿＿にほかなら
ない。

1 ことは　　　　　**2** 転載する　　　　　**3** 著作物を　　　　　**4** 著作権侵害

72 〜に違いない／に相違ない

｜意味｜ きっと〜である　一定是…

｜接続｜ 名詞（である）／だった

ナ形（である）／だった

イ形普通形

動詞普通形

　　＋ に違いない
　　　 に相違ない

｜説明｜

前接個人看法，表示確信的主觀推斷，認為絕對如此、無庸置疑。其中「〜に相違ない」為書面語。

｜例文｜

◆ この絵は構図も色使いもすばらしい。きっと高価なものに違いない。

　這幅畫不論構圖或用色都很棒，一定是昂貴的高級品。

◆ 彼女は何も言わなかったが、あの表情からすると、何か言いたいことがあったに違いない。

　她雖然什麼都沒說，但是從表情來看，一定是有什麼話想說。

◆ この事件を解決する鍵は彼が握っているに相違ない。

　解決這件事的關鍵一定是為他所掌握。

｜実戦問題｜

構図と画風からすると、この油絵は彼女の＿＿＿ ＿＿＿ ★ ＿＿＿。

1 もの　　　　　　2 に違いない　　　3 よる　　　　　4 手に

73 ～のみならず

書面語

┃意味┃ ～だけでなく　不僅…

┃接続┃ 名詞（である）
ナ形である
イ形い
動詞辞書形 ┃+のみならず

┃説明┃

用於正式說明，強調前項不是唯一，還擴及到後項事物。

┃例文┃

◆ 神様は善人のみならず、悪人にも救いの手を差しのべてくださる。

　神不僅拯救好人，連對壞人也會伸出援手。

◆ 彼の話は複雑であるのみならず、論理性に欠けるので、いったい何が言いたいのかポイントがつかめない。

　他的話不僅複雜，更因欠缺邏輯，讓人無法抓到他究竟想講的重點是什麼。

◆ 彼女は幼い頃に父に死なれたのみならず、母にも捨てられ、親戚の家で暗い幼年期を過ごしました。

　她不僅在幼時失怙，還被母親拋棄，在親戚家度過灰暗的幼年時期。

┃実戦問題┃

環境破壊は____　____　★____　____深刻化している。

1 先進国　　　　　**2** 発展途上国　　　**3** でも　　　　　　**4** のみならず

74 〜はもちろん／はもとより

┃意味┃ 〜は言うまでもなく　不只…也…；別提…連…

┃接続┃ 名詞＋はもちろん／はもとより

┃説明┃

用於事例列舉。表示前項為理所當然的事，更強調追加的後項也是如此。後文常以「も」、「まで」呼應，主要作肯定用法。「〜はもとより」為書面語。

┃例文┃

◆ 本店は大晦日はもちろん、元日、二日も営業いたします。

　本店不只除夕，連元旦、初二也照常營業。

◆ 新商品のチョコレートは女性や子供はもとより、甘いものが苦手とされる中年男性にも売れている。

　新上市的巧克力產品不只受女性及小孩歡迎，對不愛吃甜食的中年男性也很熱銷。

◆ 我が家ではお風呂掃除やゴミ出しはもとより、料理や洗濯まで夫がしてくれます。

　在我家，整理浴室、倒垃圾就不用提了，就連煮飯、洗衣服都是丈夫在做。

┃実戦問題┃

不況のため、＿＿＿ ＿＿＿ ★ ＿＿＿リストラが及ぶだろう。

1 派遣社員　　　　**2** にも　　　　　**3** 正社員　　　　　**4** はもとより

75 ～ばかりか

┃意味┃ ～だけで十分なのに、さらに　不僅…還…

┃接続┃
名詞（である）／だった
ナ形な／である／だった
イ形普通形
動詞普通形
｝＋ばかりか

┃説明┃

表示何止前項，甚至還有更進一步的發展，強調程度上的累加，正反事項皆適用，含有說話者對此感到驚訝或感嘆的語氣。後句不可接意志、希望、命令、建議等表現句型。

┃例文┃

◆ このニュースは国内ばかりか、海外でも大きく報道されたそうだ。

　　這則新聞不僅是國內，聽說在海外也被大幅報導。

◆ 部長がくれた薬を飲んだら、効かないばかりか、かえって気持ちが悪くなってきた。

　　服用經理給的藥，不僅沒效，反而越來越不舒服。

◆ 彼は１７歳で文学賞を史上最年少で受賞した。そればかりか、作曲家としてアニメの劇伴を中心に手掛けている。

　　他年僅17歲便成為史上最年輕的文學獎得主。不僅如此，也以製作動畫配樂為中心從事作曲家工作。

┃実戦問題┃

彼女はとても無責任で、ミスをしたとき、＿＿＿　★　＿＿＿　＿＿＿にする。

1 ばかりか　　　　**2** せい　　　　　　**3** 人の　　　　　　**4** 反省しない

76 〜ばかりに

┃意味┃ 〜が原因で、（悪い結果になってしまった）　只因為…就…

┃接続┃
名詞である
ナ形な／である
イ形普通形　　　＋ばかりに
動詞普通形

┃説明┃

前接說話者認為微不足道的原因，後接該原因所導致的不好結果，帶有懊惱或埋怨的語氣。口語中常說成「〜ばっかりに」。

┃例文┃

◆ 私 は背が低いばかりにキャビンアテンダントになれませんでした。

就只是因為我身高不高，所以當不成空姐。

◆ 黙っていればいいのに、余計なことを言ったばかりに社 長 を怒らせてしまった。

明明保持沉默就好了，卻只因為多話而觸怒了總經理。

◆ せっかく一番に蛇の絵を書き上げたのに、足を書き足したばかりに蛇の絵ではなくなってしまった。

好不容易最快畫好蛇，卻只因為添畫了腳，就不再是蛇了。

┃実戦問題┃

せっかく時間をかけて履歴書を書いたのに、＿＿ ＿＿ ★ ＿＿ことになった。

1 書き直す　　　　**2** ばかりに　　　　**3** 一文字　　　　**4** 抜けた

77 〜はともかく（として）

｜意味｜ 〜は問題にしないで　先不談論…；先不管…

｜接続｜ 名詞＋はともかく（として）

｜説明｜

表示先忽略前項的議題，不將其納入談論，直接將話題重點帶到後文。

｜例文｜

◆ あの新人歌手は外見はともかく声はすばらしい。

　　先不論那位新歌手的外表，歌聲相當優美。

◆ 文学の授業は先生の話し方はともかくとして、内容はおもしろい。

　　先不管文學課老師的講課方式，內容還蠻有趣的。

◆ 費用の問題はともかくとして、まず参加者を集めなくてはいけません。

　　先不管費用的問題，首先得募集到參加者才行。

重要

相似文法「名詞＋はさておき」，同樣表示先忽略前項話題，優先選擇後項內容進行討論。也常以「それはともかく、〜」、「それはさておき、〜」之形式，做轉移話題時使用。

｜実戦問題｜

この店の＿＿＿　★　＿＿＿　＿＿＿味は抜群です。

1 として　　　　　2 料理は　　　　　3 ともかく　　　　4 盛り付けは

●── 模擬試験 ──●

次の文の（　）に入れるのに最もよいものを、1・2・3・4から一つ選びなさい。

1 あの都市伝説は所詮、うわさ（　　）から、怖がる必要はないよ。
　　1 しかない　　　　**2** でならない　　　**3** に限らない　　　**4** にすぎない

2 会社を離れ自分で起業を（　　）、商売を長続きさせることは決して簡単
　じゃないと思った。
　　1 限りに　　　　　**2** してはじめて　　**3** はじめとして　　**4** もとにして

3 レオナルド・ダ・ビンチは芸術（　　）、数学や建築などの分野においても
　優れた業績を残した。
　　1 のみならず　　　**2** といった　　　　**3** にかけては　　　**4** にしても

4 余計な一言を言った（　　）、相手を不快な気持ちをさせてしまった。
　　1 あまり　　　　　**2** はじめて　　　　**3** ばかりに　　　　**4** かいがあって

5 この物件は広さ（　　）日当たりがよくて、とても気にいる。
　　1 のみならず　　　**2** にかけては　　　**3** はともかく　　　**4** といったら

6 彼女が無理して強がっているのを見て、かまわずには（　　）。
　　1 できない　　　　**2** ならない　　　　**3** いけない　　　　**4** いられない

7 私が教育者として目指すのは、学生とともに成長すること（　　）。
　　1 にほかならない　　　　　　　　**2** にすぎない
　　3 次第だ　　　　　　　　　　　　**4** とは限らない

8 ただ風邪が治っていないと思って放っておいたら、咳が長引いた（　　）、ぜんそくに移行してしまった。

　　1 きり　　　　　　　2 ばかりか　　　　3 以上　　　　　　　4 からといって

9 あの遊園地はとても人気で、土日（　　）、平日も大勢の旅行者で賑わう。

　　1 につけて　　　　　2 ばかりに　　　　3 に伴って　　　　4 はもちろん

10 試合の後半、シュートを外してしまい、一点差で敗北して、（　　）。

　　1 くやしくようになった　　　　　　　　2 くやしくてならなかった

　　3 くやしさのあまりだった　　　　　　　4 くやしいほかならなかった

11 前回の豪雨では土砂災害（　　）、行方不明者も出ている。

　　1 のあまり　　　　2 の上では　　　　3 のみならず　　　4 かと思うと

12 あくまでも個人の見解（　　）が、男性が育児休暇が取れない埋由は制度ではなく、職場の雰囲気にある。

　　1 にすぎません　　　　　　　　　　　2 にほかなりません

　　3 に違いません　　　　　　　　　　　4 ばかりです

13 トヨタは自動車業界（　　）、日本企業を代表するメーカーと言えよう。

　　1 に加えて　　　　　　　　　　　　　2 ばかりか

　　3 に対して　　　　　　　　　　　　　4 に先立って

14 日本語学科では、言語そのもの（　　）、日本文学や文化も学べる。

　　1 に応えて　　　　2 に沿って　　　　3 に伴って　　　　4 はもとより

15 最近は立ち上がるときに、よくめまいがする。貧血（　　）。

　　1 とはいえない　　　　　　　　　　　2 のはずがない

　　3 に違いない　　　　　　　　　　　　4 ではいられない

第 8 週

Checklist

78 ～を契機に（して）／を契機として 書面語

┃意味┃ ～を機に／～をきっかけに 以…為契機；因為…

┃接続┃
名詞
動詞辞書形＋の ┃＋ を契機に（して）
動詞た形＋の ┃ を契機として

┃説明┃

前面常接發生於時代、社會、人生中重大轉變的事情，表示以此事為開端，才有了後項事情發生。用法與「～をきっかけに」相同，但是較為正式。

┃例文┃

◆ 今回の失敗を契機に今後の方針を改めましょう。

　　就以這次的失敗為契機，改善今後的方針吧。

◆ 大震災を契機として、人々の防災への関心が高まりました。

　　因強震災難的發生，提高了人們對防災的關心。

◆ 夫の退職と息子の独立を契機にして、私も第二の人生を考え始めた。

　　趁著丈夫退休及兒子長大獨立的機會，我也開始思考我的第二人生。

┃実戦問題┃

＿＿＿ ★ ＿＿＿ ＿＿＿、たばこをやめることにした。

1 妊娠を 　　　**2** 妻の 　　　**3** して 　　　**4** 契機に

79 ～を抜きにして（は）

┃意味┃ ～を除いて／～はしないで　排除…；省去…

┃接続┃ 名詞＋を抜きにして（は）

┃説明┃

表示在扣除前項要素的前提下，進行後項行動。若後面接否定作「～を抜きにして～ない」時，則表示「缺了…就不能」，用於強調某人或事物的重要。做「～は抜きにして」時，為督促省去瑣事時的慣用表現。

┃例文┃

◆ 夏目漱石の作品は『坊っちゃん』を抜きにしては語れません。

夏目漱石的作品若排除《少爺》，則無從談起。

◆ まずは先入観を抜きにして、考えましょう。

讓我們先排除先入為主的觀念再來思考吧。

◆ 前置きは抜きにして、さっそく本題に入りましょう。

省去開場白，迅速進入主題吧。

◆ 今日は仕事の話は抜きにして、楽しみましょう。

今天就不談跟工作有關的話題，大家盡情歡樂吧。

┃実戦問題┃

＿＿＿　＿＿＿　★　＿＿＿、中田さんの前途を祝して、乾杯！

1 挨拶は　　　　　2 抜きに　　　　　3 堅苦しい　　　　4 して

80 〜を除いて

│意味│ 〜のほかに　除了…以外

│接続│ 名詞＋を除いて

│説明│

表示從某範圍中將部分項目排除在外後，其餘皆同為句子所述之狀態。「〜を除き」的形式偏書面用法；口語中則多使用「〜を除けば」。

│例文│

◆ このサイトには北海道、沖縄、離島を除いて、全品送料無料だと書いてあります。

　　這個網站上寫著：除了北海道、沖繩、離島地區以外，所有商品皆免運費。

◆ 館内は水を除いて、飲食禁止となっております。

　　館內規定除了喝水以外，禁止飲食。

◆ 電話でのお問い合わせは土日、祝日を除き、２４時間ご利用いただけます。

　　電話諮詢服務除了星期六日、國定假日以外，24小時提供協助。

│実戦問題│

この申込書により収集した個人情報は法律の＿＿＿　＿＿＿　★　＿＿＿、目的以外に利用することがありません。

1 場合を　　　　　　2 ある　　　　　　3 除いて　　　　　4 規定が

81 ～を込めて

┃意味┃ ～を入れて　満懐…

┃接続┃ 名詞＋を込めて

┃説明┃

表示對前項事物傾注投入某種心情或力量。前常接「愛」、「心」、「怒り」、「祈り」、「願い」、「力」、「気合」、「根性」、「闘魂」，或是「～の気持ち」、「～の意味」等作慣用表現。修飾名詞時作「を込めた＋名詞」，相似文型「のこもった＋名詞」也是常見的用法。

┃例文┃

◆ バレンタインデーに彼にプレゼントするために、心を込めてマフラーを編んでいます。

為了在情人節那天送他禮物，我正在用心編織圍巾。

◆ 「合格できますように」と祈りを込めてお賽銭を投げた。

誠心祈禱：「希望能考上」，而投入香油錢。

◆ 家に帰ると、両親から心のこもった手紙が届いていました。

一回到家就收到充満父母親關懷的信。

┃実戦問題┃

ご愛用いただいている＿＿＿　＿＿＿　＿★＿　＿＿＿、商品を抽せんでお贈りいたします。

1 感謝の　　　　　2 込めて　　　　　3 お客様に　　　　4 気持ちを

82 ～を中心に／を中心として

┃**意味**┃ ～を主に　以…為中心

┃**接続**┃ 名詞＋を中心に／を中心として

┃**説明**┃

前方接續人或事物，表示在某時空背景下，核心的人事物發揮重要的作用。修飾名詞時作「を中心とする／を中心とした＋名詞」。

┃**例文**┃

◆ 地球は太陽を中心に回っている。

　　地球以太陽為中心運轉。

◆ 台湾では、日本の大衆文化が若者を中心に人気を得ている。

　　日本的大眾文化在臺灣主要受到年輕人的歡迎。

◆ 社長を中心に社員一丸となってこの不況を乗り越えましょう。

　　以總經理為首，全體職員們團結一心，一起度過這一波不景氣吧。

◆ この集まりは田中さんを中心として活動しているボランティア団体です。

　　這是以田中先生為中心運作的義工團體。

┃**実戦問題**┃

名古屋を____ ____ ★ ____多くの喫茶店はモーニングサービスを格安で提供しています。

1 中心　　　　　　2 地域　　　　　　3 とする　　　　　4 で

83 ～をめぐって

┃意味┃ ～について　有關…；針對…

┃接続┃ 名詞＋をめぐって

┃説明┃

表示以某項事物為中心，產生相關的探討、爭論、對立等。修飾名詞時作「をめぐる／をめぐっての＋名詞」。

┃例文┃

◆ 原子力発電所の建設をめぐって、国と近隣住民が争っている。

　有關核能發電廠的建設，國家與附近居民爭執不下。

◆ 国営企業の民営化をめぐり、さまざまな意見が出された。

　有關國營企業的民營化，出現多方不同的意見。

◆ 不況のためか、最近金銭の貸し借りをめぐるトラブルが続出しているそうだ。

　不知道是不是景氣不好的關係，聽說最近有關金錢借貸的糾紛層出不窮。

┃実戦問題┃

私立大学の____　★　____　____などの対策に関連する問題も浮上してきた。

1 職員解雇　　　　2 赤字を　　　　　3 めぐって　　　　4 学生募集停止や

84 ～をはじめ（として）

┃意味┃ ～を第一の例として（そのほか）　以…為首；有…以及…

┃接続┃ 名詞＋をはじめ（として）

┃説明┃

常用於演講或報告時，表示對某事進行敘述前，先從中舉出最具代表性的例子，藉以說明後項的同類事物也是如此。修飾名詞時作「をはじめとする／をはじめとした＋名詞」。

┃例文┃

◆ アメリカをはじめとする多くの国でテロ防止のために、いろいろな対策が行われている。

　以美國為首，許多國家為了防範恐怖攻擊而採行了各項對策。

◆ 台湾訪問の際には、陳さんをはじめ多くの方のお世話になりました。

　訪問臺灣之際，受到陳先生及許多人的照顧。

◆ 台北には故宮博物院をはじめ、中正紀念堂、龍山寺などさまざまな観光スポットがあります。

　臺北有故宮、中正紀念堂及龍山寺等各式各樣的觀光景點。

┃実戦問題┃

今回の「食欲の秋」イベントでは＿＿＿　＿★＿　＿＿＿　＿＿＿料理をご用意します。

1 はじめと　　　　　　　　　　　2 旬の

3 する　　　　　　　　　　　　　4 さんまの塩焼きを

85 〜を問わず

┃意味┃ 〜に関係なく　不分…；不拘…

┃接続┃ 名詞＋を問わず

┃説明┃

前方接續對立名詞，例如：「内外」、「男女」；或涵蓋範圍較廣的名詞，例如：「年齢」、「経験」，表示不論哪種情況皆沒有區別。

┃例文┃

◆ 男女を問わず、生涯結婚したくないという若者が増えた。

　　不分男女，終生不婚的年輕人增加了。

◆ 浪人時代は昼夜を問わず勉強に明け暮れた。

　　重考時期，我不分晝夜地整天埋頭念書。

◆ 我が社では能力があれば年齢や学歴を問わず出世できます。

　　在我們公司只要有能力，不分年齡或學歷都能升遷。

◆ 新しいレストランのスタッフは経験の有無を問わず、募集しています。

　　新開幕的餐廳正在招募職員，經驗有無不拘。

┃実戦問題┃

京都は＿＿　＿＿　＿＿　★＿＿観光地だ。

1 誇る　　　　　　　**2** 問わず　　　　　　**3** 人気を　　　　　　**4** 国内外を

86 〜にかかわらず

書面語

▎**意味**▎ 〜に関係なく　不論…；不拘…

▎**接続**▎ 名詞
　　　　　動詞辞書形＋かどうか　　＋にかかわらず
　　　　　動詞辞書形＋動詞ない形

▎**説明**▎

前方接續正反對立的動詞，例如：「降る降らない」、「あるなし」；或涵蓋範圍較廣的名詞，例如：「国籍」、「天候」，強調在一切情形下都沒有差別。「〜にかかわりなく」為口語說法。

▎**例文**▎

◆ 教師は生徒の成績の良し悪しにかかわらず、公平な態度で接しなければならない。

　　教師不論學生的成績好壞，都應以公平的態度對待。

◆ できるできないにかかわりなく、チャレンジする気持ちが大切です。

　　不論做不做得到，勇於挑戰的精神很重要。

◆ 損得にかかわらず、奉仕するのがボランティア精神というものだ。

　　不計得失地奉獻正是義工精神。

 重要

相似文法「〜を問わず」含有說話者認為前項並不構成問題的語氣；而「〜にかかわらず」則表示與前項無關連，較強調後句的敘述。

▎**実戦問題**▎

糖尿病がある____ ____ ★ ____必要があると言われている。

1 控える　　　　　**2** 糖分摂取を　　　**3** かどうか　　　　**4** に関わらず

87 〜にもかかわらず

┃意味┃ 〜のに、それでも　儘管…；即使…

┃接続┃ 名詞（である）／だった
ナ形な／である／だった
イ形普通形
動詞普通形
＋にもかかわらず

┃説明┃

用於表示說話者吃驚、意外的心情，強調某項事物的結果未如說話者預期的判斷，或造成影響。須注意與「〜にかかわらず」形態雖然類似，但是用法完全不同。

┃例文┃

◆ 両親（りょうしん）の反対（はんたい）にもかかわらず、彼（かれ）は自分（じぶん）の意志（いし）を貫（つらぬ）き通（とお）した。

儘管父母親反對，他還是貫徹自我的意志。

◆ 昨日（きのう）あれだけ念（ねん）を押（お）したにもかかわらず、忘（わす）れるなんて信（しん）じられない。

儘管昨天都已經再三叮嚀了還會忘記，真是教人難以置信。

◆ 校則（こうそく）で禁止（きんし）されているにもかかわらず、髪（かみ）を染（そ）めている高校生（こうこうせい）が多（おお）い。

儘管校規中禁止，但是染髮的高中生還是很多。

┃実戦問題┃

再三様々な方法で交渉を____ ____ ★ ____もらえるような結果は得られなかった。

1 納得して　　　　　　　　2 にもかかわらず

3 試みた　　　　　　　　　4 顧客に

88 〜もかまわず　　　　　　　　書面語

┃意味┃ 〜を気にしないで　不顧…；無視於…

┃接続┃ 名詞＋もかまわず

ナ形な／である
イ形普通形　　　　＋の＋もかまわず
動詞普通形

┃説明┃

表示連平常會注意的事物或問題都不以為意，逕自進行後項動作。常見慣用語有「人目もかまわず」、「ところかまわず」等。

┃例文┃

◆ 子供たちは服が汚れるのも構わず、砂場で遊んでいた。

　　孩子們不顧衣服弄髒，在沙地上玩樂。

◆ 遠距離恋愛の二人は１年ぶりの再会に、人目も構わず抱き合った。

　　遠距離戀愛的兩人，相隔１年再次見面時，不顧旁人眼光地相擁。

◆ 腹を立てた彼女は、僕が必死で呼び止めるのも構わず部屋を出て行った。

　　不顧我拼命地出聲挽留，她還是氣得走出房間。

┃実戦問題┃

この町にペンキや＿＿＿ ★ ＿＿＿ ＿＿＿する人がいるらしいけど、本当に迷惑だ。

1 かまわず　　　　**2** 落書きを　　　　**3** ところ　　　　**4** スプレーで

● 模擬試験 ●

次の文の（　　）に入れるのに最もよいものを、1・2・3・4から一つ選びなさい。

1 明日は低気圧の影響で西日本（　　）大雨が降る見込みです。
   1 にかけて　　　　**2** を問わず　　　　**3** を中心に　　　　**4** をめぐって

2 あの老舗の和菓子屋は桜餅（　　）、水羊羹、大福など、四季折々の和菓子
  を出しています。
   1 をはじめ　　　　**2** を契機に　　　　**3** に伴って　　　　**4** もかわらず

3 大食い大会で、参加者はなりふり（　　）食べ続けていた。
   1 を問わず　　　　　　　　　　**2** かまわず
   3 にしろ　　　　　　　　　　　**4** にもかかわらず

4 このバラエティ番組は老若男女（　　）、視聴者に愛されてきた。
   1 に対して　　　　**2** を中心に　　　　**3** を問わず　　　　**4** もかわらず

5 公共の場所では指定喫煙スペース（　　）、禁煙となっています。
   1 を除き　　　　**2** をはじめ　　　　**3** に加えて　　　　**4** に関わらず

6 ライブで歌手の感情の（　　）歌声で、目頭が熱くなった。
   1 あまりの　　　　**2** ばかりの　　　　**3** 限りの　　　　**4** こもった

7 屋根があるアーケード商店街では、天候（　　）買い物を楽しめる。
   1 に反して　　　　**2** を除いて　　　　**3** かまわず　　　　**4** に関わらず

8 地方への転職（　　）、家族が快適に過ごせる広い家に引っ越した。
   1 を中心に　　　　**2** を契機に　　　　**3** に沿って　　　　**4** もかわらず

⑨ 原発再稼働（　　）、賛否が分かれていた。

1 をめぐって

2 を中心として

3 に関わらず

4 にもかかわらず

⑩ 彼らがあれだけ努力した（　　）、プロジェクトは失敗に終わった。

1 を契機に

2 かいがあって

3 もかわらず

4 にもかかわらず

⑪ 電車で中学生たちが人目（　　）、はしゃいでいるのを見て、いらいらした。

1 を問わず

2 を除いて

3 もかまらず

4 に関わらず

⑫ リモートワークの導入（　　）、業務分担の見直しを実施した。

1 をめぐって

2 をはじめとして

3 を契機として

4 を中心として

⑬ 越後屋の創業者の三井高利（　　）伊勢商人は江戸時代に台頭した。

1 をはじめとする

2 を中心とする

3 をこめて

4 をめぐっての

⑭ 市役所は駅周辺（　　）地域の活性化を目指し、広場や歩道を整備し、住民が心地よく活動できる場を設けた。

1 のこもった

2 を契機に

3 をめぐって

4 を中心とした

⑮ 冗談（　　）、さっそく本題に入りましょう。

1 を除いて

2 は抜きにして

3 を問わず

4 にもかかわらず

第 9 週

Checklist

89 ～をもとに（して）

┃意味┃ ～を基本にして　以…為基礎；以…為依據

┃接続┃ 名詞＋をもとに（して）

┃説明┃

表示以某項具體事物為創新素材、樣本，或具體的判斷依據。另外也有自動詞表現的句型，此時作「名詞＋がもとになって＋動詞普通形」。

┃例文┃

◆ ヨーロッパでは日本の着物をもとにデザインした洋服が注目を集めているそうだ。

　聽說以日本和服為藍本設計的服裝正在歐洲受到矚目。

◆ 最近の流行歌には有名なクラシック音楽をもとにして、作られたものがある。

　最近的流行歌曲，有些是以有名的古典音樂為藍本改編而成。

◆ この映画は事実をもとに作られました。

　這部電影是以事實為依據改編而成。

┃実戦問題┃

本書では科学的根拠を＿＿＿　＿＿＿　_★_　＿＿＿健康法の本質を見抜きます。

1 に　　　　　　**2** もと　　　　　　**3** ネット　　　　　　**4** 上の

90 〜に基づいて

┃意味┃ 〜を根拠にして　根據…；基於…

┃接続┃ 名詞＋に基づいて

┃説明┃

表示遵循某項事物作為基準，或不偏離其精神執行後面事項。前項常接「計画」、「法律」、「ルール」等，也可接精神層面的抽象事物。修飾名詞時作「に基づく／に基づいた＋名詞」。

┃例文┃

◆ このドラマは事実に基づいて作られていますが、登場する人物・団体などは架空のものです。

這齣戲劇雖然是根據真人實事改編，但出現的人物、團體等皆是虛構。

◆ 選挙は法律に基づき、公正に行われるべきではないか。

選舉不是應該基於法律公正地進行嗎？

◆ 彼の発表した論文は実験によって出された詳細なデータに基づいた貴重なものだ。

他所發表的論文，是以實驗得出的詳細數據為基準，所獲得的珍貴成果。

┃実戦問題┃

病院の病床数や＿＿＿ ＿＿＿ ★ ＿＿＿ものです。

1 基づき　　　　　2 医療法に　　　　3 定める　　　　4 人員配置は

91 ～のもとで／のもとに　　　　　　　　　　書面語

┃意味┃ ～の下で　在…之下

┃接続┃ 名詞＋のもとで／のもとに

┃説明┃

表示在某種支配或影響範圍內進行某事，若前方接續人時，可作庇護或勢力範圍解釋。其中「～のもとに」前方常接續抽象的人或事物，此時表示在某種情況或條件下。

┃例文┃

◆ いつか世界各国の子供たちは親のもとで安全に暮らせるようになることを祈ってやまない。

我不斷地祈禱：希望總有一天世界各國的孩子們能在父母親的羽翼下安全地生活。

◆ 勇者たちは新しい王の下で、結束を誓い合った。

勇士們在新任君王的領導之下，誓言相互團結。

◆ 法のもとにはみな平等であるはずなのに、今なお人種差別がまかり通っている国がある。

照理說法律之前人人平等，但是現今卻還有種族歧視橫行的國家。

┃実戦問題┃

大学院で小林先生の＿＿＿　＿＿＿　★　＿＿＿を完成させた。

1 の　　　　　　　**2** もとで　　　　　　　**3** 修士論文　　　　　**4** 指導

92 ～どころか①

|意味| ～はもちろん、（～もない）　別說…就連…（也不）

|接続| 名詞（である）
ナ形な／である
イ形い／くない ＋どころか
動詞普通形

|説明|

後方多接續「～さえない」、「～もない」等否定表現的負面列舉，表示不但無法達成前項事情，甚至連比它更簡單的後項也無法完成，為程度上的對比。在日本文化中，有時也會以此句型表示謙虛，而非抱怨。

|例文|

◆ 彼女は最近態度が変わった。デートの誘いどころか、電話さえかけてこない。

　她最近態度變了。別說邀約了，就連通電話也沒打來。

◆ 事故に遭った後、走ることができないどころか、立つことすらできない。

　自從遭遇事故之後，別說是不能跑步了，就連站也站不了。

◆ A：奥さん、料理がお上手だそうで、お幸せですね。

　　聽說尊夫人很擅長烹飪，您真幸福呢。

　B：えっ。料理どころか、お茶も満足に淹れられませんよ。

　　哎！別說烹飪了，就連茶都泡不好呢。

|実戦問題|

息子は面接で失敗したようで、帰ってきたら＿＿ ★ ＿＿ ＿＿話さなかった。

1 も　　　　　　**2** 一言　　　　　　**3** 笑う　　　　　　**4** どころか

93 ～どころか②

┃**意味**┃ ～ではない。むしろ～　別說…反而…

┃**接続**┃ 名詞／普通形 ⎫
　　　　ナ形／普通形 ⎬ ＋どころか
　　　　イ形普通形 ⎪
　　　　動詞普通形 ⎭

┃**説明**┃

表示現實所發生的事與期待或想像中相反，並強調兩者間的差距甚大，為對現實的全盤否定。

┃**例文**┃

◆ Ａ：株でずいぶん儲かっているそうだね。

　　聽說你靠股票賺了不少錢。

　Ｂ：最近、突然株価が下がって、儲かるどころか大損したよ。

　　最近股價突然下跌，別說是賺錢了，反而鉅額虧損呢。

◆ Ａ：お正月はゆっくり過ごされたんですか。

　　請問您悠閒地度過日本新年假期了嗎？

　Ｂ：ゆっくり過ごすどころか、料理や子供の世話で休む暇もありませんでした。

　　別說悠閒地度過了，反而因為煮飯、照顧孩子，而忙到沒空休息了。

┃**実戦問題**┃

Ａ：風邪はもう治った？

Ｂ：治る＿＿＿　＿★＿　＿＿＿ ＿＿＿よ。これから病院へ行かなくちゃ。

1 一方だ　　　　**2** どころか　　　　**3** ひどく　　　　**4** なる

94 ～どころではない

| 意味 | ～する余裕はない 不是做…的時候；哪能…

| 接続 | 名詞 ⎫
動詞辞書形 ⎬ ＋どころではない
　　　　　　　⎭

| 説明 |

口語用法，不適用於文章等正式文體中。說話者認為當下有更重要的事情，而強烈否定該行為的進行。

| 例文 |

◆ 夫：たまには家族で旅行でもするか。

丈夫：偶而我們也該全家一起去旅行之類的吧。

妻：旅行どころじゃないでしょう。太郎は来年受験なのよ。

妻子：現在不是旅遊的時候吧。太郎明年就要考試了。

◆ 最近仕事が忙しくて、恋愛どころではありません。

最近工作忙，哪能談什麼戀愛。

◆ 去年はいろいろと忙しくて結婚記念を祝うどころではなく、妻に悪いことをした。今年こそ二人の記念日を祝おう。

去年事務繁忙，無暇慶祝結婚週年紀念日，因而對妻子感到抱歉。今年一定要慶祝兩人的紀念日。

| 実戦問題 |

日本へ来たばかりのころ、まだ日本語が____ ★ ____ ____じゃなかった。

1 どころ　　　　2 話せず　　　　3 上手に　　　　4 バイト

95 ～（よ）うではないか

┃意味┃ 一緒に～しよう　我們一起…吧

┃接続┃ 動詞よう＋ではないか

┃説明┃

表示積極邀請對方一同參與做某事，主要為男性用語，常用於演說時，女性一般是用「～ましょう」。

┃例文┃

◆ 今こそ世界平和のために 力 をつくそうではないか。

　　現在讓我們為世界和平盡一份心力吧！

◆ 冷静に 頭 を 働 かせようではないか。

　　讓我們冷靜地思考吧！

◆ 今夜は朝まで飲み明かそうじゃないか。

　　今晚一起暢飲到天明吧！

◆ 無駄な 争 いはやめようじゃないか。

　　讓我們停止無謂的爭執吧！

┃実戦問題┃

よし、僕らがその＿＿＿ ★ ＿＿＿ ＿＿＿。

1 挑戦を　　　　　　　　　　　2 受けて立とう

3 か　　　　　　　　　　　　　4 じゃない

96 ～ようがない

┃意味┃ ～したくても～できない　即使想…也無法…

┃接続┃ 動詞ます＋ようがない

┃説明┃

表示有心想做卻無法做到，含有無能為力的語氣。這裡的「よう」為接尾語，意思是「方法」，搭配動詞ます形構成名詞。另可作「～ようもない」加強語氣。

┃例文┃

◆ このような手紙には、こちらも返事の書きようがない。

　　這樣的信，即使我想回也沒辦法回覆。

◆ 住所も電話番号もわからなかったので、連絡しようがなかったんです。

　　因為地址和電話號碼都不知道，所以即使想聯絡也沒辦法聯絡。

◆ イタリアへ行った時、イタリア語ができないので道がわからなくても、聞きようもなかった。

　　去到義大利時，因為不會義大利文，即使不知道路也沒辦法開口問。

 重要

衍生慣用句型「～としか言いようがない」，中文意思為「只能說是…」，用於表示對某事的評價或想法，為強調表現。

┃実戦問題┃

前回のプレゼンに同席しなかったから、いきなりその内容に関わる____ ____ ★ ____ない。

1 されて	2 質問を	3 ようが	4 答え

97 ～ようでは

┃意味┃ ～様子だと（困る、だめだ）　…的話（就麻煩、糟糕了）

┃接続┃ 動詞辞書形／ない形／ている形＋ようでは

┃説明┃

表示若前項敘述成為現實，則會有不好的結果產生，後句多為負面評價的句子。口語中常發音為「ようじゃ」。

┃例文┃

◆ 約束の時間も守れないようじゃ、一人前の営業マンになれるわけがない。

　　要是你連約定的時間都無法遵守的話，是不可能成為獨當一面的業務員。

◆ 野菜をろくに切れないようでは、まともな料理なんかできるはずがない。

　　切菜也切不好的話，不可能做出一道像樣的料理。

◆ A：先輩、このデータはどう整理したらいいですか。

　　　前輩，這些資料該怎麼整理呢？

　　B：何でも聞いてくるようじゃ、勉強にならないよ。まずは自分で考えてみて。

　　　什麼事情都來問我的話，是學不到東西的喔。先自己想看看吧！

┃実戦問題┃

食器洗いやゴミ出しのような簡単な家事にさえ＿＿＿ ＿＿＿ ★ ＿＿＿絶対困るよ。

1 ようでは　　　　　**2** 文句を　　　　　**3** 結婚したら　　　　**4** 言う

98 〜かのようだ

┃意味┃ （本当は〜ではないのに）〜ようだ　好像…；彷彿…

┃接続┃ 名詞（である）／だった
　　　　ナ形である／だった
　　　　イ形普通形
　　　　動詞普通形
}＋かのようだ

┃説明┃

前接假想的比喻，強調宛如真有其事。前接的動詞常為た形，修飾名詞時作「かのような＋名詞」；修飾動詞時作「かのように＋動詞」。

┃例文┃

◆ 雨も風も勢いを増してきた。まるで台風が来たかのようだ。

　風勢雨勢都增強，彷彿颱風來襲的樣子。

◆ 山本さんに話すと、今初めて聞いたかのような顔をしたが、本当は知っていたはずだ。

　我跟山本小姐說了之後，她雖然彷彿一副現在第一次聽到的表情，卻理應早就知道了。

◆ 何も知らないくせに、何でも知っているかのように話すな。

　實際上什麼都不知道，就別裝做一副好像什麼都知道的樣子說話。

┃実戦問題┃

彼は嘘がばれたのを知らず、＿＿＿ ＿★＿ ＿＿＿ ＿＿＿話している。

1 本当　　　　　**2** いかにも　　　　**3** である　　　　**4** かのように

127

99 ～やら～やら

┃意味┃ ～とか～とか／～たり～たり 也…也…；又…又…

┃接続┃
名詞
ナ形
イ形い
動詞辞書形
┣＋やら＋┫
名詞
ナ形
イ形い
動詞辞書形
┣＋やら

┃説明┃

口語用法，用於說話者對情緒、事物的繁雜而感到辛苦時，從中舉出幾個例子來說明，含有「大変だ」的語氣。

┃例文┃

◆ 期末は試験やらレポートやらで、学生にとって一番忙しい時期です。

　　學期末時又是考試又要交報告，對學生來說是最忙的時候。

◆ 息子が結婚すると聞いた時、うれしいやら寂しいやら複雑な気持ちだった。

　　聽到兒子要結婚的消息，既高興又寂寞，心情非常複雜。

◆ 彼女は突然家にやってきて、泣くやらわめくやら延々と彼氏の話を続けた。

　　她突然來到我家，又哭又叫地喋喋不休述說著男朋友的事。

┃実戦問題┃

引っ越しの前は転出届の提出やら＿＿＿ ★ ＿＿＿ ＿＿＿。

1 で　　　　　　　　**2** やら　　　　　　　　**3** 荷造り　　　　　　**4** 忙しかった

━━━━━━━━━━━━━━━━● 模擬試験 ●━━━━━━━━━━━━━━━━

次の文の（　　）に入れるのに最もよいものを、1・2・3・4から一つ選びなさい。

① このホテルの料理長はフランスの有名なシェフ（　　）修業をしたらしい。
　　1 をもとに　　　　**2** のもとで　　　　**3** のようでは　　　　**4** かのように

② 母は極めて質素な暮らしをしており、ブランド品（　　）、服が破れても新しいのを買わないようにしている。
　　1 どころか　　　　　　　　　　**2** どころではなく
　　3 もかまわず　　　　　　　　　　**4** にもかかわらず

③ 地球の将来のために、今から森を（　　）。
　　1 守るようがない　　　　　　　　**2** 守るかいがある
　　3 守ろうじゃないか　　　　　　　**4** 守るにすぎない

④ 本学はキリスト教精神（　　）自由の学風を樹立し、人材を育成しています。
　　1 をもとに　　　　**2** に基づき　　　　**3** のもとで　　　　**4** のようでは

⑤ 本当は息抜きしたいけど、受験勉強に追われて、趣味（　　）。
　　1 はともかく　　　　**2** のようがない　　　**3** どころか　　　　**4** どころじゃない

⑥ 生徒間のいじめに立ち向かわない（　　）、それに伴う不登校や自殺の問題も解決できない。
　　1 どころか　　　　**2** ばかりか　　　　**3** ようでは　　　　**4** のみならず

⑦ 消費者による投票結果（　　）、新商品の企画が着々と進んでいます。
　　1 をもとに　　　　**2** どころか　　　　**3** を中心に　　　　**4** を問わず

⑧ 家が古すぎて、リフォームをしたいけど、手の（　　）。建て替えにするしかない。

  1 施すまい   **2** 施しようがない

  3 施そうじゃないか   **4** 施すどころじゃない

⑨ 子どもの工作が終わったら、テーブルの上に（　　）が散らかっている。

  1 毛糸か紙くずか   **2** 毛糸につけ紙くずにつけ

  3 毛糸や紙くずや   **4** 毛糸やら紙くずやら

⑩ A：旦那さんも犬好きなんだって？

   B：犬好き（　　）、怖いと言って飼わせてくれないのよ。

  1 どころか   **2** ばかりか   **3** からといって   **4** にもかかわらず

⑪ アルバイトは雇用契約（　　）短時間労働者であるため、労働法が適用される。

  1 をもとに   **2** のもとに   **3** に基づいて   **4** に基づいた

⑫ 雪の通学路はあたかも冷蔵庫にいる（　　）寒かった。

  1 どころか   **2** のみならず   **3** かのように   **4** にかかわらず

⑬ おととしの歓迎会で一度話したきり会っていないから、あの留学生の顔（　　）、名前さえ覚えていない。

  1 やら   **2** をもとに   **3** どころか   **4** をぬきにして

⑭ 国民の言論の自由は法律（　　）守られている。

  1 のもとに   **2** をもとに   **3** を中心に   **4** はもちろん

⑮ 山下くんのスケッチは構図といい、影の付け方といい、さすがとしか（　　）。

  1 言えるに違いない   **2** 言いようがない

  3 言えるかのようだ   **4** 言ってはいられない

第10週

Checklist

100 〜とともに①

書面語

┃意味┃ 〜と同時に …的同時

┃接続┃ 名詞（である）
ナ形である
イ形い
動詞辞書形
┊＋とともに

┃説明┃

表示前後項動作幾乎是同一時間發生、進行，也可表示某人或某事物同時有兩種狀態或性質並存。

┃例文┃

◆ 弟は大学を卒業するとともに、就職して一人暮らしをはじめた。

大學畢業的同時，弟弟就開始工作並一個人生活。

◆ 卒業して社会へ出ることは、うれしさとともに心配もある。

畢業後出社會，感到高興的同時也很擔心。

◆ この研究計画は多額の資金とともに膨大な時間を要する。

這項研究計畫不只需要龐大的資金，同時也要大量的時間。

 重要

若是前項名詞為人或機關時，也可看作「〜と一緒に」的書面語使用。

◆ その後、お姫様は王子様とともに幸せな日々を過ごしている。

從此以後，公主與王子每天都過著幸福的日子。

┃実戦問題┃

教え子の＿＿＿ ＿＿＿ ★ ＿＿＿、これからも夢の実現に向けて努力する生徒を育てていこうと心に誓った。

1 思う   **2** 誇りに   **3** 活躍を   **4** とともに

101 ～とともに②　　　　　　　　　　　　　　書面語

┃意味┃ ～にしたがって　隨著…

┃接続┃ 名詞　　　　 ⎫
　　　　 動詞辞書形 ⎬ ＋とともに
　　　　　　　　　 ⎭

┃説明┃

表示前句所述之動作、現象發生時，後句也會相應地隨之變化。前後句皆使用表示變化的詞語。

┃例文┃

◆ 地球温暖化とともに、サンゴの白化が急激に進んでいる。

　　隨著地球暖化，珊瑚急遽白化。

◆ スマホの普及とともに、歩きスマホやネット依存症などの問題が起きている。

　　隨著智慧型手機的普及，產生了低頭族、網路成癮等問題。

◆ 祖母は歳を取るとともに、物忘れがひどくなった。

　　祖母隨著年齡漸長，健忘更嚴重了。

┃実戦問題┃

原油価格の＿＿＿ ＿＿＿ ★ ＿＿＿いくと予想される。

1 運輸業は　　　　　 2 高騰　　　　　 3 低迷して　　　　 4 とともに

102 ～だけあって／だけのことはある

|意味| ～にふさわしい　正因為…；不愧…

|接続|
名詞（である）／だった
ナ形な／である／だった
イ形普通形
動詞普通形
+
だけあって
だけのことはある

|説明|

前項除了接續地位、職業之外，還可表示評價、特徵，並於後項敘述與其相稱的表現。含有說話者對此表現佩服、理解的心情。

|例文|

◆ アメリカ人のナンシーさんは 10 年も台湾に住んでいるだけあって、中国語だけでなく台湾語もわかるそうだ。

　美國人南希正因為已經在臺灣住了 10 年，聽說不光是中文，連臺語也通曉。

◆ 横綱だけあって、土俵入りの貫禄は十分だ。

　不愧是橫綱，入場儀式氣勢十足。

◆ あの選手はさすがオリンピック代表に選ばれただけのことはある。今年もすばらしい成績を残した。

　那位選手不愧是曾被選為奧運的代表選手，今年也創下亮眼的成績。

|実戦問題|

橋本さんはアメリカで仕事の経験を＿＿＿　★　＿＿＿ ＿＿＿し、交渉力もある。

1 積んだ　　　　**2** 堪能だ　　　　**3** 英語が　　　　**4** だけあって

103 ～だけに

┃意味┃ ①物事の状態がそれにふさわしい　正因為…；不愧是…

②予測に反する結果が現れる　相反地卻…

┃接続┃ 名詞／である／だった

ナ形な／である／だった　⎱

イ形普通形　　　　　　　 ⎰ ＋だけに

動詞普通形

┃説明┃

①前句所述之事，與後句有相應的因果關係。多用於陳述正面評價。

②前句所述之事的結果與預期相反。常與「かえって（反而）」、「なおさら（更加）」等副詞連用。

┃例文┃

①

◆ この辺りは照明設備が整っているだけに、夜でも安全にジョギングができる。

正因為這附近照明設備良好，晚上也能安全地慢跑。

◆ この旅館は老舗であるだけに、和の風情にあふれている。

這間日式旅館真不愧是老字號，充滿著日式風情。

②

◆ 期待が大きかっただけに、失望も大きかった。今度は平常心で挑戦しよう！

因為期待很大，失望也相對地大。下次要以平常心來挑戰！

◆ よくジムに通っているだけに、かえって準備運動を怠る人が多いらしい。

聽說因為常去健身房，反而輕忽熱身運動的人很多。

┃実戦問題┃

林さんは____ ____ ＿★＿ ____がよくできて、顧客にも信頼されている。

1 気配り　　　　　**2** ベテランの　　　**3** だけに　　　　**4** 営業マン

104 ～ことか

書面語

|意味| なんと～んだろう　多麼…啊；真是…啊

|接続| 名詞である／だった

ナ形な／である／だった

イ形普通形

動詞普通形

+ことか

|説明|

前面須搭配「どんなに」、「いかに」、「なんと」、「何～」等疑問詞。用於說話者表達自己的心情，表示描述內容的程度並不一般，甚至過度到無法量測。口語用法為「～ことだろう」。

|例文|

◆ 見て見ぬふりとは、なんと卑怯なことか。

看見了卻裝做沒看到，真是怯懦啊！

◆ 彼女がこの事を知ったらどんなに喜ぶことか。

她要是知道這件事的話，不知會有多麼開心！

◆ この話を何度したことか。彼はまだわかっていない。

這些話不知講過幾次了，他還是不懂。

|実戦問題|

ご両親はあなたがやけになったのを見たら、＿＿ ＿＿ ★ ＿＿か。

1 がっかり　　　　**2** する　　　　　　**3** どれほど　　　　**4** こと

136

105 ～ことだ

┃意味┃ ～ほうがいい　最好…

┃接続┃ 動詞辞書形／ない形＋ことだ

┃説明┃

表示說話者主觀的想法或判斷，用於向平輩或是地位較低的人提醒、勸告。比「～ほうがいい」更直接的說法。

┃例文┃

◆ 何でも人に聞くのではなく、まずは自分でやってみることです。

　別什麼都問人，最好自己先做做看。

◆ 合格したいなら、とにかくこの本をしっかり読むことです。

　想及格的話，總之最好先好好地讀這本書。

◆ 「触らぬ神にたたりなし」というじゃないか、余計なことはしないことだよ。

　不是有句話說「多一事不如少一事」嗎？最好別多管閒事。

┃実戦問題┃

親は子供が自立できるように、個人の＿＿＿ ＿＿＿ ★ ＿＿＿だ。

1 こと　　　　　　2 重んじて　　　　　3 自主性を　　　　　4 干渉しない

137

106 ～ことだから

┃意味┃ ～だから （正因為是…）所以…

┃接続┃ 名詞の
動詞普通形 ｝＋ことだから

┃説明┃

用於談論雙方熟悉的話題人物時，從其性格或平時行為來判斷、推測接下來的發展。文型中「こと」指的是該話題對象給人的既定印象，後方常接續「だろう」、「と思う」等推量表現，表示推測的結論。

┃例文┃

◆ 彼のことだから、きっと今日も遅刻だろう。

　　他這個人今天一定又會遲到吧。

◆ 頑固な父のことだから、許してくれないだろう。

　　我那頑固的父親，大概不會同意我吧。

◆ なにしろ役人のすることだから、効率は期待しない方がいいよ。

　　畢竟辦事的是公務員嘛！所以還是別期待有什麼效率吧。

◆ 彼女が言うことだから、信じていいものかどうか…。

　　正因為是她說的話，才不曉得能不能相信……。

┃実戦問題┃

お酒好きの＿＿＿　★　＿＿＿　＿＿＿またあの飲み放題の居酒屋にするでしょう。

1 部長の　　　　　**2** だから　　　　　**3** こと　　　　　**4** 打ち上げは

107 ～ことなく

書面語

┃意味┃ ～しないで、～する　*不曾…；沒有…*

┃接続┃ 動詞辞書形＋ことなく

┃説明┃

強調未發生前述不好的事態或期待的情況之下，進行後續動作。意思等同「～ないで」、「～ずに」。

┃例文┃

◆ 学生時代の友情はいつまでも変わることなく続いている。

　　學生時代的友情永遠持續不變。

◆ ひどい風邪を引いて何日も寝込んだが、期末テストは欠席することなく受けることができた。

　　雖然罹患重感冒，好幾天都臥病在床，但是期末考還是沒有缺席完成應試。

◆ 私はいつまでも彼の後ろ姿を見ていたが、とうとう彼は一度も振り返ることなく行ってしまった。

　　我一直望著他的背影，但是最後他卻頭也不回地走了。

┃実戦問題┃

兄は根性がある人で、一度＿＿＿　＿＿＿　＿＿＿　★＿＿やりぬく。

1 諦める　　　　　2 決めた　　　　　3 ことは　　　　　4 ことなく

108 ～ことに（は）

┃意味┃ 非常に～／ずいぶん～　令人…的是

┃接続┃ ナ形な
　　　　イ形い　　　　　　＋ことに（は）
　　　　動詞た形／ない形

┃説明┃

用於表達說話者內心深刻感受的事。前面先敘述心情，後面再說明事情的內容。

┃例文┃

◆ 残念なことに、あの人には会えなかった。

　　令人遺憾的是沒能見到那個人。

◆ うれしいことに、彼女はもうすぐ退院できそうだ。

　　令人高興的是她好像很快就能出院了。

◆ 驚いたことには、彼女と彼は知り合いだった。

　　令人吃驚的是她和他居然認識。

◆ 困ったことに、子供たちは新しい先生があまり好きではないようだ。

　　令人困擾的是孩子們好像不太喜歡新老師。

┃実戦問題┃

＿＿　＿＿　★　＿＿負傷者はいなかった。

1 ことに　　　　　**2** その事故　　　　　**3** による　　　　　**4** 幸いな

109 〜ないことには〜ない

┃意味┃ 〜しなければ、〜できない　不先…的話，就無法…

┃接続┃ 動詞ない形＋ことには〜ない

┃説明┃

表示絕對必要的前提，後接否定表現。強調少了上述前提的落實，便無法作出積極回應。可代換成「〜なければ〜ない」、「〜ないと〜ない」。

┃例文┃

◆ 先生の教え方がいいかどうかは、授業を受けてみないことにはわかりません。

　老師的教法好或不好，不去試聽看看不會知道。

◆ A：ダイエットの薬は本当に効果があるんですか。

　　　減肥藥真的有效嗎？

　B：さあ、飲んでみないことには何ともいえません。

　　　誰知道呢，沒服用過的話也無法評論什麼。

◆ 履歴書を見ても、実際に会って話してみないことには採用するかどうか決められません。

　就算看了履歷表，若沒有實際見面談話的話，就無法決定要不要錄用。

┃実戦問題┃

このプロジェクトについて詳しく説明して＿＿＿ ＿＿＿ ★ ＿＿＿かどうか何とも言えない。

1 相手と　　　　　**2** ことには　　　　**3** 連携する　　　　**4** もらえない

110 ～ないことはない

▎**意味**▎ ～するかもしれない　也不是不…

▎**接続**▎ 動詞ない形＋ことはない

▎**説明**▎

意指「沒有不…的事」，否定某件事完全不成立的可能性，表示消極肯定，為有條件的保留說法。亦可作「～ないこともない」、「～ないでもない」、「～なくはない」、「～なくもない」的形式。

▎**例文**▎

◆ A：歴史小説はお読みにならないんですか。

　　您不看歷史小說嗎？

　B：読まないことはないんですが、難しいのはちょっと…。

　　也不是不看，太難的就……。

◆ 言われてみれば、そんな気がしないこともない。

　　被你這樣一說，我倒也有那樣的感覺。

◆ 彼女の言うことにも一理あると言えないことはない。

　　她講的話也不能說沒有道理。

▎**実戦問題**▎

彼女の気持ちが＿＿　★　＿＿　＿＿謝ることができない。

1 けど　　　　　　**2** 素直に　　　　　**3** でもない　　　　**4** わからない

━━━━━●━ 模擬試験 ━●━━━━━

次の文の（　　）に入れるのに最もよいものを、1・2・3・4から一つ選びなさい。

1 初めてのヨーロッパ旅行、どれだけ楽しみに待っていた（　　）。
 1 ことだ   **2** ことか   **3** ものか   **4** だけのことはある

2 カーナビのおかげで、迷う（　　）目的地に到着した。
 1 だけに   **2** ことなく   **3** ことには   **4** どころか

3 何事も経験しない（　　）わからないと思い、アフリカでのボランティアに
 応募した。
 1 だけに   **2** とともに   **3** ことなく   **4** ことには

4 友だちが失恋したとき、何も言わずそばにいてあげる（　　）。
 1 ことだ   **2** ことか   **3** んだもの   **4** に違いない

5 悔しい（　　）、最終面接に落ちてしまいました。
 1 限り   **2** だけに   **3** ことに   **4** どころか

6 気まぐれな妹（　　）、ハイキングに行きたいと言っても、明日になったら
 家で過ごすだろう。
 1 に基づいて **2** のことだから **3** とともに **4** だけに

7 時代の流れ（　　）消えた職業もあるから、常に危機感を持って自分を磨か
 なければならない。
 1 ながら   **2** のもとで **3** に沿って **4** とともに

⑧ さすがノーベル賞作家（　　）、人間としてのあり方について考えさせられる作品をたくさん残した。

　　1 のもとで　　　　　**2** のことだから　　**3** とともに　　　　**4** だけあって

⑨ あの歌手は公の場で一切顔を出さない（　　）、注目を集めた。

　　1 だけに　　　　　　**2** ことに　　　　　**3** とともに　　　　**4** ことだから

⑩ 早く好きな仕事に復帰できるように、娘を保育所に預けることにしたけど、嬉しさ（　　）寂しさもある。

　　1 だけに　　　　　　**2** を除いて　　　　**3** とともに　　　　**4** だけあって

⑪ A：ここから一番近い駅まで歩いて行けますか。

　　B：歩けない（　　）けど、40分もかかりますよ。

　　1 ことにはない　　**2** こともない　　　**3** とは限らない　　**4** ではいられない

⑫ あそこの懐石料理は上品で味わい深いものばかりだね。さすがミシュランレストラン（　　）。

　　1 ことか　　　　　　　　　　　　**2** ことだから

　　3 にほかならない　　　　　　　　**4** だけのことはある

⑬ 秘密を知られたくないなら、最初から誰にも言わない（　　）。

　　1 ことか　　　　　**2** ことだ　　　　　**3** 限りだ　　　　　**4** こともない

⑭ A：商品のデザインを少々変更したいんですが。

　　B：（　　）のですが、納期に間に合わなくなると思います。

　　1 できようがない　　　　　　　　**2** できるどころじゃない

　　3 できなくもない　　　　　　　　**4** できるにすぎない

⑮ 原子力発電において発生した放射性物質は時間が経つ（　　）量が減少する。

　　1 とともに　　　　**2** ことに　　　　　**3** ことなく　　　　**4** だけあって

第11週

Checklist

111 ～ながらに／ながらの

┃意味┃ ～の状態のままで 維持…状態

┃接続┃ 名詞 ⎱ ＋ ながらに
動詞ます ⎰ ＋ ながらの

┃説明┃

慣用表現，接在固定單字後，表示維持著某種狀態或形式進行。

┃例文┃

◆ 彼女は自らのつらい体験を涙ながらに語った。

　她流著淚訴說自己的痛苦經歷。

◆ この子は生まれながらにすぐれた音楽の才能を持っている。

　這孩子天生就具有傑出的音樂才能。

◆ あの和菓子屋は今でも、昔ながらの製法で饅頭を蒸しているそうです。

　聽說那間日式糕點店，直到現在還沿用古法蒸製日式饅頭。

◆ １５世紀ころのヨーロッパでは、「魔女狩り」と称し、魔女とされた人を生きながらに焼くことが横行していた。

　在15世紀時的歐洲，以「魔女狩獵」的名義，將被認為是魔女的人活生生燒死的事相當橫行。

◆ インターネットを通して授業を配信してくれれば、家に居ながらにしても受講ができる。

　透過網路放送課程的話，即使在家也能聽課。

 重要

慣用表現	日文意思	中文意思
昔ながら	昔と同じ／昔のまま	如同往昔
いつもながら	いつも通り	總是
涙ながらに	涙を流しながら／泣きながら	流著淚
生まれながら（にして）	生まれつき／天性	天生
生きながら（にして）	生きたままの状態で	活著
居ながら（にして）	その場にいるまま	在
陰ながら～する	ひそかに～する	在暗處做…

‖実戦問題‖

いつも＿＿　＿＿　＿★＿　＿＿に心から感謝しております。

1 の　　　　　2 温かい　　　　　3 お心遣い　　　　4 ながら

112 ～ながら（も） 書面語

┃意味┃ ～のに／～が　雖然…但是…；雖然…卻…

┃接続┃ 名詞（であり）
ナ形（であり）
イ形い
動詞ます／ない形 ┃ ＋ながら（も）

┃説明┃

逆接用法，雖為兩個矛盾的狀態，但卻同時存在於同一主體上的現象。可用於表示在前項的條件、狀態下，主體有出乎預期的表現。

┃例文┃

◆ あの子は子供ながらも、料理の腕前は一人前だ。

　他雖然還是個孩子，但是烹飪技巧已獨當一面。

◆ 残念ながら今度のパーティーには出席できません。

　很遺憾地，這次的聚會我無法出席。

◆ 彼女は学生でありながらブランド物のバッグをいくつも持っている。

　她雖然只是個學生，卻有好幾個名牌包。

◆ 夫は何もかも知りながらも、私には何も話してくれませんでした。

　雖然丈夫知道所有的事，卻什麼也沒對我說。

┃実戦問題┃

久しぶりに俳句を作ったんだけど、＿＿★＿＿　＿＿＿　＿＿＿　＿＿＿と思うね。

1 我　　　　　**2** うまく　　　　　**3** ながら　　　　　**4** 書けた

113 ～つつ

書面語

┃**意味**┃　～ながら、～する　　邊…邊…

┃**接続**┃　動詞ます＋つつ

┃**説明**┃

表示前後項動作同時進行，前項為主要動作，注意前後文的動作主語需相同。用法相當於表示動作並行的「ながら」。

┃**例文**┃

◆ 夫婦で酒を酌み交わしつつ、今日の出来事を話すのが我が家の日課です。

　　夫妻兩人一邊喝酒，一邊聊今天發生的事是我家每天必做的事。

◆ この問題は地域の皆さんと話し合いつつ、解決策を探っていきたいと思います。

　　這個問題我想邊和地方人士討論，邊尋求解決對策。

◆ 当温泉旅館ではお客様に季節の山菜を味わいつつ、ゆっくりおくつろぎいただけるサービスを提供しております。

　　本溫泉旅館提供客人可以一邊品嘗時令山蔬，一邊充分放鬆身心的服務。

┃**実戦問題**┃

大地震が起きた場合、非常放送の＿＿＿ ＿＿＿ ★ ＿＿＿つつ冷静に行動しましょう。

1 従い　　　　　　2 留意し　　　　　3 指示に　　　　　4 余震に

114 ～つつ（も） 書面語

┃意味┃ ～ながら、それでも　雖然…卻…

┃接続┃ 動詞ます＋つつ（も）

┃説明┃

逆接用法，表示「內心想一套，實際上做的卻是另一套」，連接前後矛盾事項。前面通常接續「疑う」、「あきらめる」、「思う」、「知る」、「わかる」等關於情感、認知的動詞。也能用來表達後悔的心情，此時後文常為「～てしまう」結尾。

┃例文┃

◆ 父は「めんどうくさい」と言いつつも、決して時間に遅れず母を迎えに行く。

　　雖然父親嘴上說：「真是麻煩」，但一定準時去接母親。

◆ 彼女に連絡しなければと思いつつ、忙しさに紛れて忘れてしまった。

　　雖然想到該與她聯絡，卻忙到忘了。

◆ 不倫は悪いことだと知りつつも、彼への気持ちを抑えることはできないのです。

　　儘管知道不倫戀是不對的事，但是我卻無法克制自己對他的感情。

┃実戦問題┃

やりかけの仕事を＿＿＿　★　＿＿＿　＿＿＿、休日に出勤しました。

1 諦め　　　　　2 つつ　　　　　3 思い　　　　　4 ようと

115 ～つつある

┃意味┃ 今ちょうど～ている　逐漸…；越發…

┃接続┃ 動詞ます+つつある

┃説明┃

表示某項動作正朝一定方向持續演進、進行中，適用動詞為類似「成長する」、「発展する」、「回復する」、「増える」、「減る」等具有方向性、漸進意象的動詞。

┃例文┃

◆ 父の病気は順調に回復しつつある。

父親的病日漸好轉中。

◆ 伝統文化の灯は今まさに消えつつある。

傳統文化的香火目前正在逐漸消失。

◆ 中国はＷＴＯに加入して以来、急速に経済発展しつつある。

中國自從加入世界貿易組織以來，經濟不斷急速發展。

◆ 母猫は死につつある子猫を抱いてしきりに顔を舐めていた。

母貓抱著瀕臨死亡的小貓，不住地舔著牠的臉。

🎯 重要

「つつある」亦可代換成「ている」，但如果動詞是「消える」、「死ぬ」、「変わる」等瞬間動詞時則無法替換。

成長しつつある＝成長している（成長中）

死につつある（逐漸死去）≠死んでいる（死亡的狀態）

消えつつある（漸漸消失）≠消えている（消失的狀態）

┃実戦問題┃

日本銀行は国内景気の現状について、まだ厳しい状態にあるが、____　____

__★__　____いる。

1 と　　　　　　　**2** つつある　　　　　**3** 持ち直し　　　　**4** 判断して

116 〜ものの

┃意味┃ 〜だが　雖然…卻…

┃接続┃ 名詞の／である／だった
ナ形な／である／だった
イ形普通形
動詞普通形
＋ものの

┃説明┃

逆接用法，表示承認前項事實，但是結果仍有不足或未如預期發展，後接負面的補充說明。慣用句「名詞＋とはいうものの」，常用於一般雖然如此認為，實際上卻相反的情況。

┃例文┃

◆ 友達に薦められてイタリア語の勉強を始めたものの、単語さえ覚えられずやめてしまった。

　雖然在朋友的推薦下開始學義大利文，卻連單字都記不住，只好放棄。

◆ 彼女は背は高いものの、少し太り気味なのでモデル体型とは言いがたい。

　她雖然個子高，但因為有一點點胖，實在稱不上是模特兒身材。

◆ 高雄の１２月は冬とはいうものの、それほど寒さを感じない。

　高雄的１２月雖說是冬天卻不覺得那麼冷。

 重要

「とはいうものの」也可作為句子與句子的連接，此時用法為「〜。とはいうものの、〜。」

┃実戦問題┃

梅雨明け＿＿＿　★　＿＿＿　＿＿＿と降ってきました。

1 雨が　　　　**2** ものの　　　　**3** パラパラ　　　　**4** とはいう

117 ～ものだ

┃意味┃ 本当に～だなあ　真的是…呢

┃接続┃ ナ形な
イ形普通形 ｝＋ものだ
動詞普通形

┃説明┃

「ものだ」除了描述事物認知的用法之外，還可表示說話者的驚訝或感嘆。前接過去式時，經常表示感慨的心情，帶有強烈的回憶情緒。會話中常作「もんだ」。

┃例文┃

◆ しばらく会わない間に、息子は大きくなったものだ。

　一陣子不見，兒子長大了呢！

◆ 大学時代は夏は海、冬はスキーとよく遊びに行ったものだ。

　大學時代時，夏天就到海邊，冬天就去滑雪，經常出外遊玩呢！

◆ 私の子供の頃は、畑の野菜や果物を盗んで食べてよく怒られたものです。

　我小時候會偷田裡的蔬菜或水果吃，經常被罵呢！

重要

慣用法「よく（も）＋動詞普通形＋ものだ」時，也可用來表示對他人行為或狀態感到欽佩，或是感到驚訝並帶有責備的情緒。

┃実戦問題┃

我が家の末っ子も明日から社会人になる。月日が＿＿＿　＿＿＿　★　＿＿＿だ。

1 早い　　　　　**2** たつ　　　　　**3** もの　　　　　**4** のは

153

118 ～ものがある

┃**意味**┃ ～感じがする　真是…

┃**接続**┃ ナ形な

　　　　 イ形い　　　　　　＋ものがある

　　　　 動詞辞書形／ない形

┃**説明**┃

表示說話者從話題事物中，感受到某種令人感嘆且難以言喻的特質。常作「～に～ものがある」。

┃**例文**┃

◆ 彼のお金に対する執念深さには恐ろしいものがある。

　　他對錢財的堅定執著，真是可怕。

◆ この子の記憶力のすばらしさには驚かされるものがある。

　　這個孩子的記性之好，真是令人吃驚。

◆ 日本の天井とも言われる中央アルプスの山は壮大なものがある。

　　有「日本屋脊」之稱的中央阿爾卑斯山真是宏偉。

◆ その風景の美しさは筆舌に尽くしがたいものがある。

　　那片風景之美，筆墨言辭皆難以言喻。

┃**実戦問題**┃

辻井伸行のピアノの演奏は表現力が＿＿＿ ★ ＿＿＿ ＿＿＿ある。

1 豊かで　　　　　　**2** 動かす　　　　　　**3** ものが　　　　　　**4** 人の心を

119 ～たいものだ

┃**意味**┃ 本当に～したい　真想…

┃**接続**┃ 動詞ます＋たいものだ

┃**説明**┃

此為希望表現「たい」接「ものだ」的句型，置於句尾。為說話者用於強調內心的
想望，且此想法通常已有持續一段時期，含有感嘆的語氣。否定時作「動詞ます＋
たくないものだ」。相似文法為「動詞て形＋ほしいものだ」。

┃**例文**┃

◆ そんな美人がいるなら一度会ってみたいものです。

　　若真有那樣的美女，真想見一次看看！

◆ 一日も早く結婚して、安定した家庭を作りたいものだ。

　　真想早日結婚，建立安定的家庭。

◆ もうこれ以上迷惑をかけるのだけは、やめてもらいたいものだ。

　　真希望不要再給我添麻煩了！

┃**実戦問題**┃

農家に憧れているから、定年退職後、＿＿＿　★　＿＿＿　＿＿＿たいものです。

1 山奥に　　　　　　2 営み　　　　　　3 移住し　　　　　　4 野菜畑を

120 ～というものだ

┃意味┃ 心から～だと思う　真是…；實在是…

┃接続┃ 名詞
ナ形
イ形い
動詞辞書形
＋というものだ

┃説明┃

用於說話者針對某項事實或事物的特徵做評價時，發表自己主觀斷定的想法。口語上常說成「～っていうもんだ」。

┃例文┃

◆ 私は半分以上の費用も負担したのに、山田さんはたったこれだけなんて、それでは不公平というものでしょう。

我負擔了一半以上的費用，山田先生卻只有這些，真是不公平。

◆ ＭＲＴができてからずいぶん便利になったというものだ。

捷運開通之後，實在變得相當方便了呢！

◆ 英語、ピアノ、暗算と必要以上に子供を塾に通わせている親がいる。あれでは子供がかわいそうというものだ。

有些父母要小孩額外去上英文、鋼琴、心算等補習班。那樣孩子實在是很可憐。

┃実戦問題┃

困ったときはお互い様。友達だから＿＿＿　＿＿＿　★　＿＿＿ものだ。

1 のは　　　　　　**2** 当然　　　　　　**3** という　　　　　　**4** 助け合う

121 〜というものではない

┃意味┃ 必ず〜ではないと思う　未必是…

┃接続┃ 名詞
ナ形
イ形い
動詞辞書形
＋というものではない

┃説明┃

表示不認同前項說法具有一體適用性，另可作「〜というものでもない」，此時語氣較婉轉。

┃例文┃

◆ 学歴が高いからといって、能力が高いというものではない。人の能力は卒業証書では証明できないのだ。

　就算學歷高，能力未必就強。人的能力是無法以畢業證書證明的。

◆ 日本語は日本に住んでいれば、自然に上達するというものでもない。

　也未必說住在日本，日語就會自然變好。

◆ 英語が話せれば英語の先生になれるというものではありません。

　會說英語未必就能當英文老師。

┃実戦問題┃

情報に求めるのは正確さで、早く手に____ ____ ★ ____ではない。

1 いい　　　　**2** もの　　　　**3** という　　　　**4** 入れれば

●━━━━━━━━━━ ● 模擬試験 ● ━━━━━━━━━━●

次の文の（　）に入れるのに最もよいものを、1・2・3・4から一つ選びなさい。

① 働きながら資格を取ろうと思い（　　）、時間がとれなくて未だに進んでいない。

　1 きや　　　　　　**2** つつ　　　　　　**3** ながらに　　　　**4** たいもので

② 安く宇宙旅行に行けるなら、ぜひ一度行ってみたい（　　）。

　1 ものだ　　　　　**2** ことか　　　　　**3** ことだ　　　　　**4** というものだ

③ あんな大金をだましとられて、よく平気でいられる（　　）。

　1 ことか　　　　　　　　　　　　**2** もんだ

　3 かのようだ　　　　　　　　　　**4** ものがある

④ 人間は地球上最も賢い生き物である（　　）、自分が住む環境を破壊している。

　1 つつ　　　　　　**2** ながら　　　　　**3** ものの　　　　　**4** に違いない

⑤ 石原さんが転職したら寂しくなりますが、陰（　　）応援します。

　1 だけに　　　　　**2** ながら　　　　　**3** ながらに　　　　**4** のもとで

⑥ 都会では、朝はバタバタすることが多いから、朝食を洋食にする習慣が定着（　　）。

　1 するものだ　　　　　　　　　　**2** しようもない

　3 しつつある　　　　　　　　　　**4** だけのことはある

⑦ 名門大学出身だからといって、みんな職場で活躍できる（　　）。

　1 まい　　　　　　　　　　　　　**2** どころではない

　3 にすぎない　　　　　　　　　　**4** というものでもない

8 生まれ（　　）備え持つ才能を伸ばすためにも、努力が必要です。

1 つつ　　　　　　　　　　　　2 ながらも

3 ながらにして　　　　　　　　4 だからといって

9 目的のない行動をするのは時間の無駄（　　）。

1 気味だ　　　　　　　　　　　2 というものだ

3 かのようだ　　　　　　　　　4 でならない

10 上司の指示がコロコロ変わることには、どうも納得いかない（　　）。

1 ものがある　　　　　　　　　2 ことにはない

3 こともない　　　　　　　　　4 ではいられない

11 妻と喜びや苦しみを分かち合い（　　）、人生という道を歩んできた。

1 つつ　　　　　　2 ものの　　　　　　3 ながらも　　　　　　4 つつあって

12 子供の頃は、よくあの空き地で友達と鬼ごっこをした（　　）。

1 ことか　　　　　　　　　　　2 ものだ

3 ものがある　　　　　　　　　4 というものだ

13 たばこは百害あって一利なしとは（　　）、なかなかやめられない。

1 知りながらに　　　　　　　　2 知っているというもので

3 知るに反して　　　　　　　　4 知っていながらも

14 伊勢神宮の内宮前のおかげ横丁では、昔（　　）雰囲気や風習を味わうことができる。

1 をもとに　　　　　2 のものの　　　　　3 ながらに　　　　　4 ながらの

15 メディアの発達やインターネットの普及によって、方言が（　　）。

1 消えるものか　　　　　　　　2 消えるものがある

3 消えつつある　　　　　　　　4 消えるというものではない

第12週

Checklist

122 ～ものなら

┃**意味**┃ もし～できれば　如果可以…的話

┃**接続**┃ 動詞可能形の辞書形＋ものなら

┃**説明**┃

前面接續動詞可能形或有「可能」含意的動詞辭書形，用於假設可能性不高的事。後文常為「～たい」結尾，表示說話者的期待或願望；偶爾會接續「～てみろ」，此時則含有挑撥聽者的語意。會話中常作「もんなら」。

┃**例文**┃

◆ できるものなら、仕事も人間関係もすべて忘れてどこかへ行ってしまいたい。

　　如果可以的話，真想將工作和人際關係一切都忘掉，到某個地方靜一靜。

◆ やれるものなら、やってみろ。

　　如果你敢做就給我試試看。

◆ 行けるものなら行きたいけど、今忙しくて時間がないんだ。

　　如果可以去的話我也想去，可是現在這麼忙根本沒時間啊。

 重要

當前後為同一動詞時，例如：「行けるものなら行く」、「読めるものなら読む」，更是強調該動作毫無實現的可能。

┃**実戦問題**┃

こんなきつい仕事を辞め＿＿＿　＿＿＿　★　＿＿＿けど、まだ住宅ローンが 2000 万も残っているのよ。

1 辞め　　　　　**2** たい　　　　　**3** られる　　　　　**4** もんなら

162

123 〜ものだから

┃意味┃ 〜ので　因為…

┃接続┃
名詞＋な
ナ形な
イ形普通形
動詞普通形
｝＋ものだから

┃説明┃

口語用法，用於說明自己行為的原因、理由。強調非刻意，但結果自然而然就是如此，注意不可後接意志、命令表現。會話中常作「もんだから」。

┃例文┃

◆ わが家では僕も妻も料理をするのが嫌なものだから、毎日外食になっている。

　因為我們家無論是我還是妻子都討厭開伙，所以就變成每天都外食。

◆ 店員さんの口がうまいものだから、ついついその気になって買ってしまった。

　因為店員三寸不爛之舌的推銷，我就糊里糊塗地買下了。

◆ いつも無口な彼が突然「愛している」などと言うものだから、びっくりしてコーヒーをこぼしてしまった。

　因為總是沉默寡言的他突然對我說「我愛妳」，嚇了我一跳，就把咖啡打翻了。

┃実戦問題┃

セールが＿＿＿ ★ ＿＿＿ ＿＿＿つい買いすぎてしまった。

1 安さに　　　　**2** あった　　　　**3** つられて　　　　**4** もんだから

124 ～んだもの

┃意味┃ ～のだから　因為…；可是…

┃接続┃ 名詞＋な
ナ形な／だった
イ形普通形
動詞普通形
｝＋んだもの

┃説明┃

口語用法，置於句尾，多用於說話者反駁或主張自己的正當性時，說明原因、理由。常見於女性、孩童或對親近的人使用的日常對話，帶點撒嬌的語氣。會話中常作「んだもん」。

┃例文┃

◆ 今日は宿題が多いんだもん。早く帰ってやらなくちゃ。

　因為今天功課很多嘛，得早點回家才行。

◆ A：授業中居眠りするなんて、先生に失礼でしょう。

　你竟然上課打瞌睡，對老師很不禮貌耶。

　B：だって眠かったんだもの。

　可是人家真的很睏嘛！

◆ A：あれ、まだ出かけないの。

　咦，你還沒出門啊？

　B：雪が降ってるんだもの。行きたくないわ。

　因為正在下雪啊！不想去了啦！

┃実戦問題┃

わざと遅れたわけじゃないよ。思ってたより＿＿＿ ＿＿＿ ★ ＿＿＿もん。

1 んだ　　　　　**2** いた　　　　　**3** 道が　　　　　**4** 混んで

125 ～ものか

┃意味┃ ～ことが絶対にない　才不…呢

┃接続┃
名詞＋な
ナ形な／だった
イ形普通形　　　　＞＋ものか
動詞普通形

┃説明┃

口語用法，置於句尾，語調下降，用於反駁周圍的意見或想法，表示斬釘截鐵的否定態度。會話中常作「もんか」，語帶輕蔑。女性一般使用「～ものですか」、「～もんですか」。

┃例文┃

◆ Ａ：原子力発電は安全だってテレビで言ってたけど…。

　　　電視上說核能發電很安全，可是……。

　　Ｂ：安全なもんか。どこの誰がそんなこと言ってたの。

　　　才不安全呢！哪來的傢伙這麼說的？

◆ Ａ：昨日のデートどうだった。楽しかった？

　　　昨天的約會如何？很開心吧？

　　Ｂ：楽しいもんか。彼女の買い物につきあわされてまいったよ。

　　　才不開心呢！被迫陪她逛街買東西，真是敗給她了。

◆ せっかく手伝ってあげたのにお礼一つ言わないなんて。もう二度と手伝ってやるもんか。

　　特地來幫忙他卻連一句感謝的話都沒說，下次我才不幫忙呢。

┃実戦問題┃

私をいじめる人＿＿＿ ＿＿＿ ★ ＿＿＿。絶対立ち上がってやる。

1 の　　　　　　　**2** 泣く　　　　　　**3** 前で　　　　　　**4** もんか

126 ～まみれ

┃意味┃ ～がたくさんついている　沾滿…

┃接続┃ 名詞＋まみれ

┃説明┃

表示外觀上附著許多令人不舒服的髒汙，常與「どろ」、「ほこり」、「血」、「汗」、等特定名詞搭配。

┃例文┃

◆ どろまみれになって 働 いても、もらえる金はわずかだ。

　　即使工作得滿身汗泥，能掙得的錢也有限。

◆ 何年ぶりかに倉庫を開けた。中から次々とほこりまみれの物が出てきた。

　　打開了塵封多年的倉庫，裡面出現一樣樣滿是灰塵的物品。

◆ 衝 突し、大破した 車 の中から血まみれの負 傷 者が引き出された。

　　從撞爛的車子中拖出滿身是血的傷者。

重要

「まみれ」不如相似文法「だらけ」的使用範圍廣，語意上也有點差異。「まみれ」帶有「附著」的涵義，「だらけ」則敘述在某範圍內事物明顯之多。

（〇）本だらけ　　　→（×）本まみれ

（〇）間違いだらけ　→（×）間違いまみれ

┃実戦問題┃

息子たちが剣道の稽古から帰ってきたら、汗＿＿＿ ★ ＿＿＿ ＿＿＿ほどある。

1 の　　　　　　　**2** 山　　　　　　　**3** まみれ　　　　　　**4** 洗濯物が

127 ～せいか

┃意味┃ ～が原因であるかもしれない　也許是因為…；不知道是不是因為…

┃接続┃ 名詞の
ナ形な
イ形普通形
動詞普通形 ＋せいか

┃説明┃

前項為原因推測，表示不確定是否因此導致後述不好的結果。「せい」一般為將事情的起因歸咎於某人或某事的負面用法，但有時亦可為單純表原因的中立用法。

┃例文┃

◆ 年のせいか、このごろ物忘れがはげしい。

　不知道是不是年紀大了，最近很健忘。

◆ 原料が安いせいか、この製品は値段が安い。

　也許是因為原料便宜，這個產品的價格很便宜。

◆ 昨日、歩きすぎたせいか、今日は足がむくんで靴がきつい。

　不知道是不是昨天走太多路了，今天腳腫腫的，鞋子穿起來很緊。

◆ 私は時間の使い方が下手なせいか、夜になっても仕事が終わらず、残業することが多い。

　不知道是不是我不擅於利用時間，經常到了晚上工作還做不完而要加班。

┃実戦問題┃

寝不足が＿＿＿　＿★＿＿　＿＿＿　＿＿＿がなかなかとれない。

1 か　　　　　　　**2** 疲れ　　　　　　　**3** せい　　　　　　　**4** 続いた

128 ～とか

┃意味┃ ～と聞いたが　聽說…

┃接続┃ 名詞普通形 ⎫
　　　　 ナ形普通形 ⎬ ＋とか
　　　　 イ形普通形 ⎪
　　　　 動詞普通形 ⎭

┃説明┃

以不確定的語氣向對方傳達間接獲得的訊息。與表示傳言的「そうだ」、「ということだ」相比，語氣較沒把握。

┃例文┃

◆ 今、台湾では韓国のドラマが人気だとか。

　　聽說韓劇現在在臺灣好像很受歡迎。

◆ そちらの冬は格別に寒いとか。お体には十分お気を付けください。

　　聽說那裡的冬天好像特別地冷，請您好好地注意身體。

◆ A：外が騒がしいですね。何かあったんですか。

　　　外頭好吵喔。是不是發生了什麼事？

　　B：お隣の鈴木さんが泥棒に入られたとかで、今警察が来てるみたいですよ。

　　　聽說隔壁的鈴木先生家遭小偷了，現在警察好像來了的樣子。

┃実戦問題┃

川合さん、来月＿＿＿ ＿＿＿ ★ ＿＿＿。おめでとうございます。

1 に　　　　　　**2** とか　　　　　　**3** 支店長　　　　　　**4** 昇進する

129 ～っぱなし

┃意味┃ ①～したまま　任由…不管

②～しつづけている　一直…

┃接続┃ 動詞ます＋っぱなし

┃説明┃

接尾語，語氣較為負面。

①某行為發生後，卻沒有完成後續該做的事，保持未了的狀態。

②持續某種狀態，或某行為頻繁發生。

┃例文┃

①

◆ 靴を脱いだら脱ぎっぱなしにしないで、ちゃんと靴箱に入れてください。

　　別鞋子脫了就丟著不管，請整齊地放進鞋櫃裡。

◆ 妻ときたら、本を読んだら読みっぱなし、お茶を飲んだら飲みっぱなし、片づけるのはいつも僕だ。

　　說到我老婆，書看到哪就丟到哪，茶喝了就放著，收拾整理的總是我。

②

◆ 帰省ラッシュで電車は満員だったので、台北から台南までずっと立ちっぱなしだった。

　　列車因返鄉人潮客滿，所以我從臺北一直站到臺南。

┃実戦問題┃

新しい職場には慣れないことが多く、先輩たちに＿＿＿　＿＿＿　★＿＿　＿＿＿、申し訳ないと思う。

1 で　　　　　　　　2 かけ　　　　　　　3 迷惑を　　　　　4 っぱなし

130 ～っこない

┃意味┃ 絶対に～ことがない　不可能…

┃接続┃ 動詞ます＋っこない

┃説明┃

口語用法，表示說話者強烈否定某項行為成立的可能性，意思相當於「～はずがない」、「～わけがない」。前面常接續「なんて」、「なんか」、「どうせ」等字詞。

┃例文┃

◆ 彼女に道理を聞かせたってわかりっこないよ。

　　即使跟她講道理，她也聽不懂啦。

◆ あいつは向こうの味方なんだ。本当の事を聞いたって言いっこないさ。

　　那傢伙是對方的人。即使詢問他真相，他也不可能說啦。

◆ Ａ：東京大学を受験してみたらどう？

　　你要不要試著去考東京大學？

　　Ｂ：東大なんて、僕に受かりっこないよ。

　　東大什麼的，我不可能考得上啦。

┃実戦問題┃

たった１か月でバイオリンが＿＿＿ ＿＿＿ ＿★＿ ＿＿＿よ。

1 でき　　　　　　**2** のは　　　　　　**3** っこない　　　　　**4** 上達する

131 尊敬語

┃説明┃

敬語分為「尊敬語」、「謙讓語」與「丁寧語」。尊敬語表示對談話對象或話題中人物之敬意，謙讓語用於謙讓己方之行為，丁寧語則是不涉及雙方之動作及相關事物，為單純的禮貌表現，如「です」、「ます」、「ございます（＝あります）」、「でございます（＝です）」等。

①尊敬形：活用同被動形，敬意程度較低。

	辞書形	尊敬形	
Ⅰグループ	読む	読まれる	読まれます
Ⅱグループ	降りる	降りられる	降りられます
Ⅲグループ	する くる	される こられる	されます こられます

②お／ご～になる：敬意程度較①尊敬形高。ます形的「ます」前只有一音節者不適用此形式，請參考下方「③特殊尊敬動詞」。

	辞書形	お／ご～になる	
Ⅰグループ	帰る	お帰りになる	お帰りになります
Ⅱグループ	かける	おかけになる	おかけになります
Ⅲグループ	帰国する	ご帰国になる	ご帰国になります

③特殊尊敬動詞：部分動詞不適用②之尊敬表現者，採用如下之特殊尊敬動詞。

する	なさる	なさいます
行く、いる	いらっしゃる	いらっしゃいます
	おいでになる	おいでになります
来る	いらっしゃる	いらっしゃいます
	おいでになる	おいでになります
	お見えになる	お見えになります
	お越しになる	お越しになります
言う	おっしゃる	おっしゃいます
くれる	くださる	くださいます
食べる、飲む	召し上がる	召し上がります
見る	ご覧になる	ご覧になります
寝る	お休みになる	お休みになります
着る	お召しになる	お召しになります
座る	おかけになる	おかけになります
知っている	ご存知だ	ご存知です
～だ	～でいらっしゃる	～でいらっしゃいます
～ている	～ていらっしゃる	～ていらっしゃいます
	～ておいでになる	～ておいでになります

④お／ご～なさる：敬意程度較①②高。其命令形為「お／ご～なさい」，通常用於父母對子女、教師對學生等上對下的輕微命令、叮嚀時。

	辞書形	お／ご～なさる	
Ⅰグループ	使う	お使いなさる	お使いなさいます
Ⅱグループ	やめる	おやめなさる	おやめなさいます
Ⅲグループ	活躍する	ご活躍なさる	ご活躍なさいます

⑤お／ご～くださる：用於禮貌地表達「～てくれる」之意。其命令形為「お／ご～ください」，是「～てください」的禮貌說法。

	辞書形	お／ご～くださる	
Ⅰグループ	送る	お送りくださる	お送りくださいます
Ⅱグループ	知らせる	お知らせくださる	お知らせくださいます
Ⅲグループ	紹介する	ご紹介くださる	ご紹介くださいます

▌例文▐

◆ お忘れ物をなさいませんよう、お気をつけください。

請小心不要忘記自己的隨身物品。

◆ 本日はご来店くださいまして、誠にありがとうございます。

今天非常感謝您蒞臨本店。

◆ お母様がお帰りになったら、よろしくお伝えください。

令堂回來後，請替我問好。

▌実戦問題▐

今回の____ ____ ★ ____厚く御礼申し上げます。

1 ご協力 　　**2** 募金に 　　**3** 皆様に 　　**4** くださった

132 謙讓語

① お／ご～する：為了對對象表示敬意，而謙遜己方動作之謙讓表現。若該動作沒有需要尊敬的對象，則不使用此表現。

	辞書形	お／ご～する	
Ⅰグループ	持つ	お持ちする	お持ちします
Ⅱグループ	調べる	お調べする	お調べします
Ⅲグループ	案内する	ご案内する	ご案内します

② お／ご～いたす：敬意程度較①高，亦即更為謙遜己方動作之謙讓表現。經常用於商務場合。

	辞書形	お／ご～いたす	
Ⅰグループ	運ぶ	お運びいたす	お運びいたします
Ⅱグループ	迎える	お迎えいたす	お迎えいたします
Ⅲグループ	用意する	ご用意いたす	ご用意いたします

③ 特殊謙讓動詞：不適用或不常使用①②之謙讓表現者，採用如下之特殊謙讓動詞。

する	いたす	いたします
いる	おる	おります
行く、来る	参る	参ります
言う	申し上げる	申し上げます
あげる	さしあげる	さしあげます
もらう	いただく	いただきます
	頂戴する	頂戴します

食べる、飲む	いただく	いただきます
見る	拝見する	拝見します
見せる	お目にかける	お目にかけます
	ご覧に入れる	ご覧に入れます
借りる	拝借する	拝借します
会う	お目にかかる	お目にかかります
訪問する、質問する	伺う	伺います
引き受ける	承る	承ります
思う	存じる	存じます
知っている	存じておる	存じております
	存じ上げる	存じ上げます
知らない	存じない	存じません
～ている	～ておる	～ております

註：「存じておる」僅為對應之動詞辭書形，實際上並不常用於口語對話中。

④ ～ていただく／～させていただく：用於禮貌地表達「～てもらう」之意。「～させていただく」是請對方允許自己做某事時，較為鄭重的請求說法。

	辞書形	～ていただく	
Ⅰグループ	待つ	待っていただく	待っていただきます
Ⅱグループ	知らせる	知らせていただく	知らせていただきます
Ⅲグループ	参加する	参加していただく	参加していただきます

	辞書形	～させていただく	
Ⅰグループ	言う	言わせていただく	言わせていただきます
Ⅱグループ	入れる	入れさせていただく	入れさせていただきます
Ⅲグループ	早退する	早退させていただく	早退させていただきます

⑤ お／ご～いただく：用於禮貌地表達「～てもらう」之意。其可能形活用「お／ご～いただけます」經常運用於禮貌、謙卑地許可對象的動作。商務場合會使用「お／ご～願います」，更禮貌地委託對方。

	辞書形	お／ご～いただく	
Ⅰグループ	待つ	お待ちいただく	お待ちいただきます
Ⅱグループ	知らせる	お知らせいただく	お知らせいただきます
Ⅲグループ	参加する	ご参加いただく	ご参加いただきます

⑥ お／ご～申し上げる：用於禮貌地表達「お／ご～いたす」之意。由於此表現中之「申し上げる」表「禮貌、謙卑地表述」之意，本句型僅限於搭配與「傳達、祝賀、謝罪、哀悼、祈福」等義相關的動詞。

	辞書形	お／ご～申し上げる	
Ⅰグループ	願う	お願い申し上げる	お願い申し上げます
Ⅱグループ	詫びる	お詫び申し上げる	お詫び申し上げます
Ⅲグループ	報告する	ご報告申し上げる	ご報告申し上げます

┃例文┃

◆ さきほど、会長からご紹介いただきました田村と申します。

我是方才會長介紹的田村。

◆ 今日は私が払わせていただきます。いつもお世話になっておりますから。

今天請讓我付錢。因為我總是承蒙您的照顧。

◆ 当ホテルは様々なタイプの会場をご用意しております。料金はこちらよりご覧いただけます。

本旅館備有各式種類的會場。您可以在這裡看到價位。

┃実戦問題┃

貴社主催のセミナー＿＿＿ ＿＿＿ ★ ＿＿＿と存じます。

1 教えて　　　　2 について　　　　3 詳細を　　　　4 いただければ

● 模擬試験 ●

次の文の（　　）に入れるのに最もよいものを、1・2・3・4から一つ選びなさい。

1 利益にならないビジネス、誰がする（　　）。
　　1 ものだ　　　　**2** ことか　　　　**3** もんか　　　　**4** んだもん

2 異常気象で野菜が高騰する（　　）。なんか他に理由があるんじゃないかね。
　　1 とか　　　　**2** ものか　　　　**3** ことだ　　　　**4** っぱなしだ

3 すみませんが、体調が悪いので、早退（　　）いただけないでしょうか。
　　1 して　　　　**2** させて　　　　**3** いたして　　　　**4** なさって

4 A：父さんったら、何度もたばこをやめてって言ったんだけど、聞こうとし
　　　　ないんだよ。姉ちゃんも何とか言って。
　　B：もう言いたくないよ。どうせ伝わり（　　）から。
　　1 かねる　　　　**2** っこない　　　　**3** っぱなし　　　　**4** まみれだ

5 久しぶりにバスに乗った（　　）、胸がむかむかする。
　　1 ことに　　　　**2** 限り　　　　**3** ものなら　　　　**4** せいか

6 本日の祝賀会に、ご多忙にも関わらず（　　）、誠にありがとうございます。
　　1 おいで下さい　　　　　　　　**2** おいでいただき
　　3 おいで申し上げ　　　　　　　**4** おいでいらっしゃいまして

7 高校時代に戻れる（　　）、受験勉強をやり直したい。
　　1 せいか　　　　**2** ながら　　　　**3** ものなら　　　　**4** ものだから

8 A：好き嫌いしちゃだめよ。にんじんも食べなさい。
　　B：だって、変な匂いがする（　　）。
　　1 んだもん　　　　**2** もんか　　　　**3** ことだ　　　　**4** ものがある

⑨ 雨の日にハイキングに行ったら、靴がどろ（　　）になった。
1 まみれ　　　　　　2 っぱなし　　　　3 かのよう　　　　4 ながら

⑩ 橋本社長が（　　）、応接間まで案内してください。
1 おっしゃったら　　　　　　　　2 お召しになったら
3 おかけになったら　　　　　　　4 お見えになったら

⑪ デスクワークばかりしている（　　）、肩こりがぜんぜん治らない。
1 ものなら　　　　　　　　　　　2 もんだから
3 だけあって　　　　　　　　　　4 ばかりでなく

⑫ 子どもたちはいつもおもちゃを出し（　　）にして、本当に困るのね。
1 つつ　　　　　　　2 きり　　　　　3 まみれ　　　　　4 っぱなし

⑬ 突然の訃報に接し、心から（　　）。
1 お悔やみさしあげます　　　　　2 お悔やみいただきます
3 お悔やみ申し上げます　　　　　4 お悔やみいたしております

⑭ Ａ：休日は何をして（　　）か。
　　Ｂ：趣味の茶道をしております。
1 おられます　　　　　　　　　　2 おっしゃいます
3 おいでになります　　　　　　　4 おいでいらっしゃいます

⑮ あの映画では、負け（　　）の弱小チームから強豪になった物語が描かれている。
1 だらけ　　　　　　2 まみれ　　　　3 ばかり　　　　　4 っぱなし

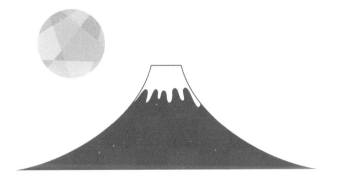

解　答

第1週

✦ 実戦問題

1 **1** （2 → 1 → 4 → 3）

2 **4** （3 → 4 → 1 → 2）

3 **2** （4 → 3 → 2 → 1）

4 **3** （2 → 1 → 3 → 4）

5 **3** （4 → 2 → 1 → 3）

6 **1** （3 → 1 → 4 → 2）

7 **4** （2 → 1 → 4 → 3）

8 **1** （4 → 3 → 1 → 2）

9 **2** （4 → 1 → 3 → 2）

10 **4** （2 → 4 → 3 → 1）

11 **1** （2 → 3 → 1 → 4）

✦ 模擬試験

1	1	2	3	3	3
4	4	5	2	6	4
7	2	8	1	9	4
10	3	11	2	12	1
13	3	14	2	15	1

第2週

✦ 実戦問題

12 **4** （2 → 4 → 1 → 3）

13 **2** （4 → 2 → 1 → 3）

14 **3** （4 → 3 → 2 → 1）

15 **2** （1 → 3 → 2 → 4）

16 **4** （1 → 4 → 2 → 3）

17 **1** （4 → 1 → 3 → 2）

18 **3** （2 → 1 → 3 → 4）

19 **2** （3 → 2 → 4 → 1）

20 **3** （3 → 4 → 2 → 1）

21 **2** （3 → 2 → 1 → 4）

22 **2** （4 → 2 → 3 → 1）

✦ 模擬試験

1	2	2	3	3	1
4	1	5	4	6	4
7	2	8	3	9	4
10	3	11	1	12	2
13	1	14	3	15	4

第3週

実戦問題

23 **4** $(3 \to 1 \to 4 \to 2)$

24 **1** $(4 \to 1 \to 3 \to 2)$

25 **3** $(2 \to 3 \to 4 \to 1)$

26 **2** $(4 \to 2 \to 1 \to 3)$

27 **1** $(2 \to 3 \to 1 \to 4)$

28 **2** $(1 \to 3 \to 2 \to 4)$

29 **3** $(4 \to 2 \to 3 \to 1)$

30 **1** $(4 \to 3 \to 2 \to 1)$

31 **4** $(3 \to 4 \to 2 \to 1)$

32 **1** $(4 \to 2 \to 1 \to 3)$

33 **3** $(4 \to 1 \to 3 \to 2)$

第4週

実戦問題

34 **2** $(4 \to 1 \to 2 \to 3)$

35 **1** $(2 \to 4 \to 1 \to 3)$

36 **2** $(3 \to 2 \to 1 \to 4)$

37 **2** $(1 \to 3 \to 2 \to 4)$

38 **1** $(3 \to 1 \to 2 \to 4)$

39 **4** $(1 \to 4 \to 2 \to 3)$

40 **1** $(2 \to 4 \to 1 \to 3)$

41 **3** $(2 \to 3 \to 1 \to 4)$

42 **2** $(4 \to 3 \to 2 \to 1)$

43 **1** $(3 \to 1 \to 4 \to 2)$

44 **3** $(2 \to 3 \to 1 \to 4)$

模擬試験

|1| 3 |2| 1 |3| 4

|4| 3 |5| 2 |6| 1

|7| 4 |8| 3 |9| 4

|10| 2 |11| 4 |12| 1

|13| 1 |14| 3 |15| 2

模擬試験

|1| 3 |2| 1 |3| 4

|4| 3 |5| 2 |6| 2

|7| 4 |8| 4 |9| 1

|10| 1 |11| 3 |12| 2

|13| 1 |14| 3 |15| 4

第5週

🔰 実戦問題

45　**4**　(3→2→4→1)

46　**4**　(1→4→2→3)

47　**1**　(2→1→4→3)

48　**3**　(4→2→3→1)

49　**4**　(2→3→4→1)

50　**3**　(4→3→1→2)

51　**2**　(4→3→2→1)

52　**4**　(1→4→2→3)

53　**3**　(2→1→3→4)

54　**4**　(3→2→4→1)

55　**2**　(1→4→2→3)

🔰 模擬試験

1 2	2 3	3 1
4 4	5 3	6 2
7 3	8 2	9 1
10 4	11 3	12 4
13 1	14 2	15 3

第6週

🔰 実戦問題

56　**3**　(1→3→2→4)

57　**1**　(2→1→3→4)

58　**4**　(2→4→1→3)

59　**2**　(3→1→2→4)

60　**2**　(3→4→2→1)

61　**3**　(4→2→3→1)

62　**1**　(4→1→2→3)

63　**3**　(2→3→1→4)

64　**2**　(3→1→2→4)

65　**4**　(1→4→3→2)

66　**3**　(2→1→3→4)

🔰 模擬試験

1 2	2 4	3 1
4 3	5 4	6 2
7 1	8 3	9 1
10 3	11 2	12 4
13 2	14 1	15 3

第7週

☆ 実戦問題

67 **3** (1 → 3 → 2 → 4)

68 **1** (2 → 4 → 1 → 3)

69 **3** (2 → 4 → 3 → 1)

70 **3** (3 → 1 → 4 → 2)

71 **1** (3 → 2 → 1 → 4)

72 **1** (4 → 3 → 1 → 2)

73 **2** (1 → 4 → 2 → 3)

74 **3** (1 → 4 → 3 → 2)

75 **1** (4 → 1 → 3 → 2)

76 **2** (3 → 4 → 2 → 1)

77 **4** (2 → 4 → 3 → 1)

☆ 模擬試験

1	4	2	2	3	1
4	3	5	3	6	4
7	1	8	2	9	4
10	2	11	3	12	1
13	2	14	4	15	3

第8週

☆ 実戦問題

78 **1** (2 → 1 → 4 → 3)

79 **2** (3 → 1 → 2 → 4)

80 **1** (4 → 2 → 1 → 3)

81 **4** (3 → 1 → 4 → 2)

82 **2** (1 → 3 → 2 → 4)

83 **3** (2 → 3 → 4 → 1)

84 **1** (4 → 1 → 3 → 2)

85 **1** (4 → 2 → 3 → 1)

86 **2** (3 → 4 → 2 → 1)

87 **4** (3 → 2 → 4 → 1)

88 **3** (4 → 3 → 1 → 2)

☆ 模擬試験

1	3	2	1	3	2
4	3	5	1	6	4
7	4	8	2	9	1
10	4	11	3	12	3
13	1	14	4	15	2

第9週

⭐ 実戦問題

89 **3** （2→1→3→4）

90 **1** （4→2→1→3）

91 **2** （4→1→2→3）

92 **4** （3→4→2→1）

93 **3** （2→3→4→1）

94 **2** （3→2→4→1）

95 **2** （1→2→4→3）

96 **4** （2→1→4→3）

97 **1** （2→4→1→3）

98 **1** （2→1→3→4）

99 **2** （3→2→1→4）

第10週

⭐ 実戦問題

100 **1** （3→2→1→4）

101 **1** （2→4→1→3）

102 **4** （1→4→3→2）

103 **3** （2→4→3→1）

104 **2** （3→1→2→4）

105 **4** （3→2→4→1）

106 **3** （1→3→2→4）

107 **4** （2→3→1→4）

108 **2** （4→1→2→3）

109 **1** （4→2→1→3）

110 **3** （4→3→1→2）

⭐ 模擬試験

1	2	2	1	3	3
4	2	5	4	6	3
7	1	8	2	9	4
10	1	11	4	12	3
13	3	14	1	15	2

⭐ 模擬試験

1	2	2	2	3	4
4	1	5	3	6	2
7	4	8	4	9	1
10	3	11	2	12	4
13	2	14	3	15	1

第11週

🎯 実戦問題

111 **2** （4 → 1 → 2 → 3）

112 **1** （1 → 3 → 2 → 4）

113 **4** （3 → 1 → 4 → 2）

114 **4** （1 → 4 → 3 → 2）

115 **1** （3 → 2 → 1 → 4）

116 **2** （4 → 2 → 1 → 3）

117 **1** （2 → 4 → 1 → 3）

118 **4** （1 → 4 → 2 → 3）

119 **3** （1 → 3 → 4 → 2）

120 **2** （4 → 1 → 2 → 3）

121 **3** （4 → 1 → 3 → 2）

🎯 模擬試験

1	2	2	1	3	2
4	3	5	2	6	3
7	4	8	3	9	2
10	1	11	1	12	2
13	4	14	4	15	3

第12週

🎯 実戦問題

122 **1** （3 → 4 → 1 → 2）

123 **4** （2 → 4 → 1 → 3）

124 **2** （3 → 4 → 2 → 1）

125 **2** （1 → 3 → 2 → 4）

126 **1** （3 → 1 → 4 → 2）

127 **3** （4 → 3 → 1 → 2）

128 **4** （3 → 1 → 4 → 2）

129 **4** （3 → 2 → 4 → 1）

130 **1** （4 → 2 → 1 → 3）

131 **4** （2 → 1 → 4 → 3）

132 **1** （2 → 3 → 1 → 4）

🎯 模擬試験

1	3	2	1	3	2
4	2	5	4	6	2
7	3	8	1	9	1
10	4	11	2	12	4
13	3	14	3	15	4

索引

若第一個文字為括弧內可省略之文字，則以第二個文字為起始做排序。

な

に

ぬ

の

索 引

參考書籍

✦ 池松孝子・奥田順子『「あいうえお」でひく日本語の重要表現文型』専門教育出版

✦ グループ・ジャマシイ『教師と学習者のための日本語文型辞典』くろしお出版

✦ 阪田雪子・倉持保男・国際交流基金『教師用日本語教育ハンドブック文法Ⅱ』凡人社

✦ 坂本正『日本語表現文型例文集』凡人社

✦ 白寄まゆみ・入内島一美『日本語能力試験対応 文法問題集１級・２級』桐原ユニ

✦ 寺村秀夫『日本語のシンタクスと意味Ⅱ』くろしお出版

✦ 寺村秀夫・鈴木泰・野田尚史・矢澤真人『ケーススタディ日本文法』おうふう

✦ 友松悦子・宮本淳・和栗雅子『どんな時どう使う日本語表現文型 500 中・上級』アルク

✦ 日本国際教育支援協会・国際交流基金『日本語能力試験 出題基準』凡人社

✦ 益岡隆志『基礎日本語文法』くろしお出版

✦ 宮島達夫・仁田義雄『日本語類義表現の文法』（上、下）くろしお出版

✦ 森田良行『基礎日本語辞典』角川書店

✦ 森田良行『日本語の視点』創拓社

✦ 森田良行・松木正恵『日本語表現文型』アルク

新日檢制霸！單字速記王

王秋陽・詹兆雯　編著
眞仁田　栄治　審訂

三民日語編輯小組　彙編　　眞仁田　栄治　審訂

全面制霸新日檢！
赴日打工度假、交換留學、求職加薪不再是夢想！

★ 獨家收錄「出題重點」單元　　★ 精選必考單字
★ 設計 JLPT 實戰例句　　　　　★ 提供 MP3 朗讀音檔下載

本系列書集結新制日檢常考字彙，彙整文法、詞意辨析等出題重點，並搭配能
加深記憶的主題式圖像，讓考生輕鬆掌握測驗科目中的「言語知識（文字・語
彙・文法）」。

圖表式日語助詞

日語中各式各樣的助詞很困擾你嗎？

如果有一本助詞學習書能滿足以下要求──

1 簡單，但又要足以應付日語檢定

2 易懂，所以最好有助詞類義比較

3 記得住，所以用法必須條列清楚

是不是就太完美了？

《圖表式日語助詞》就是最適合的那本書！

李宜蓉　編著

芦原　賢（盧士瑞）　日語審閱

口訣式日語動詞

～解開日語初學者對日語動詞變化學習的疑惑～

日語動詞變化初學者常見的問題──

動詞變化總是搞不清楚怎麼辦？

五段、一段、カ變、サ變動詞是什麼？

與第Ⅰ類、第Ⅱ類、第Ⅲ類動詞有何不同？

是否有更簡單明瞭、有效的學習方式？

有的！答案都在《口訣式日語動詞》裡！

李宜蓉　編著

國家圖書館出版品預行編目資料

新日檢制霸！N2文法特訓班／永石 繪美,黃意婷編
著;泉 文明校閱.——初版一刷.——臺北市: 三民,
2021
面; 公分.——（JLPT滿分進擊）

ISBN 978-957-14-7227-0 （平裝）
1. 日語 2. 語法 3. 能力測驗

803.189   110009724

JLPT 滿分進擊

新日檢制霸！N2 文法特訓班

編 著 者	永石 繪美、黃意婷
校 閱	泉 文明
責任編輯	林欣潔
美術編輯	黃顯喬

發 行 人	劉振強
出 版 者	三民書局股份有限公司
地 址	臺北市復興北路 386 號 (復北門市)
	臺北市重慶南路一段 61 號 (重南門市)
電 話	(02)25006600
網 址	三民網路書店 https://www.sanmin.com.tw

出版日期	初版一刷 2021 年 8 月
書籍編號	S860270
I S B N	978-957-14-7227-0

三民書局